剣 平四郎の撮影事件帳

蒼い靄の中で

尾瀬沼殺人事件

――漆黒の空が白々と明ける頃、
尾瀬沼の湖面から生まれた朝靄がゆっくりと、
しかし目に見える速さで、
まるで生きものであるかのように湿原を包み始めた。
大気の色はどういうわけか蒼味を帯び、
テラスに倒れた人の横顔を一層蒼く見せていた――

尾瀬沼（群馬県片品村・福島県檜枝岐村）

第一章 ―― 蒼い靄の中で

奥只見湖（新潟県魚沼市・福島県檜枝岐村）

「これから尾瀬口行きの船に乗っていただきますが、その前に簡単な自己紹介をお願いします」

奥只見《おくただみ》尾瀬観光活性化委員会事務局長の根上孝明《ねがみたかあき》が、参加者の顔を見渡しながら告げた。

根上の指名を受けた参加者は、それぞれ簡単に自己紹介をした。その顔ぶれは次の通りだ。まず東京旅行関東支社本部長・鎌田義明《かまたよしあき》、新潟新聞社編集委員・北條大輔《ほうじょうだいすけ》、月刊誌『旅行』編集長・新城道生《しんじょうみちお》、JR東日本新潟支社広報部長・大橋健司《おおはしけんじ》、新潟県魚沼地域振興局次長・本田誠《ほんだまこと》、そして写真家・剣平四郎《つるぎへいしろう》の六名だ。

二〇〇七年八月に、それまでの日光国立公園・尾瀬から二十九番目の国立公園として独立した尾瀬国立公園の尾瀬地区には、群馬県側の鳩待峠《はとまちとうげ》、富士見峠、大清水、そして福島県側の御池《みいけ》、沼山峠《ぬまやまとうげ》の各登山口からの入山が一般的で、新潟県側のいわゆる奥只見からの入山者は、限られたごく少数派というのが現実である。そんな折、新潟県ではスポーツマンの奥泉知事の提唱で、「尾瀬国立公園の誕生を機に魚沼から行く尾瀬を活性化させよう」というスローガンのもと、様々な企画がスタートした。つまり、今回の尾瀬行きもそうした行事の一環で、新聞社、旅行会社、JRの関係者、写真家などが集められた。

身支度を整えた一行は、初夏の光に萌えるブナの新緑を眺めながら、根上の先導で奥只見湖と尾瀬口を結んでいる定期船「しおり丸」に乗り込んだ。この時期の奥只見ダムは豪雪地帯の雪解け水で、溢れんばかりの水量があり、水面に映った木々はきらきらと輝き、もっとも美しい季節だ。

一行を乗せたしおり丸は、出航後間もなく、銀山平《ぎんざんだいら》航路を右に分けた。

「剣さん、こちらに向かって来る大型船が外輪船のファンタジア号ですよ。その奥に聳えて見えるのが越後三山のひとつ越後駒ヶ岳。そして手前左側に見えるのが同じく越後三山の中ノ岳《なかのだけ》、それと荒沢岳《あらさわだけ》です。いずれも万年雪が残る山ですよ」

あちこちにカメラを向けている剣に、根上が話しかけてきた。

「いやー、新緑、残雪、そして青い湖と実にみごとなコントラストですね」

剣は笑みを浮かべながら根上に答えた。

「剣さんは、このコースから行く尾瀬は初めてとお聞きしましたが？」

「ええ、国道三五二号線は幾度となく通りましたが、奥只見湖を船で渡っていく尾瀬は初めてですね。ですからちょっと興奮していますよ」

「そうですか。尾瀬に通って三一数年の剣さんですら初めてでは、このコースがほとんど認知されていないのも無理ないですね」

根上も苦笑いしながら、ゆったりと流れる湖上からの景色を眺めていた。そんな根上が前方を指差して大きな声を出した。

「皆さん、左手奥に燧ヶ岳《ひうちがたけ》が見えてきましたよ！」

根上の声に一同が歓声を上げげた。双耳峰の燧ケ岳に向かって剣もカメラを構えた。

「手前の高圧線がなければ絶景ですね」

数人がコンパクトカメラを手にして言った。

奥只見ダムを発っておよそ四十分、しおり丸は予定通りに尾瀬口船着き場に着岸した。

「ここからはバスになります。途中のブナ林の新緑もきれいですから、車窓より楽しんでください」

根上はＰＲに余念がない。

すでに到着していた路線バスは、剣たちと同船していたグループを乗せて走り出すと、只見川に架かる金泉橋を渡り、新潟県から福島県に入った。まもなく小沢平《こぞうだいら》の尾瀬口山荘を過ぎて、つづら折りの道を快調に登っていく。そして福島県檜枝岐村《ひのえまたむら》の入山基地といえる御池《みいけ》で尾瀬ヶ原、あるいは燧ケ岳登山を目指す数人が降りた。バスは再び走り出して終着の沼山峠に到着した。

「さあ皆さん、ここからいよいよ歩きになります。十五、六分登れば尾瀬沼が見えますよ」

根上の言葉に一行は、オオシラビソ（アオモリトドマツ）、コメツガ、トウヒ、ダケカンバなど混合林の道を、ゆっくりと登り始めた。

「私は着替えと雨具だけですけど、剣さんはずいぶんと重そうですね。どのくらいの重さですか?」

本田が尋ねた。

「今日はデジタル一眼レフカメラにレンズが五本ですから、二十キロちょっとですかね」

「二十キロ? いつもそんなに背負っているんですか?」

「ええ、普段はもう少し重いかな。ただ年々、歳とともに軽くなっていますよ」

剣は汗を拭きながら答えた。

一行は沼山峠展望台で尾瀬沼を眺めて小休止を取ると、下り坂を大江湿原に向かった。

ミズバショウの季節を過ぎた木道は閑散としていて、すっかり緑色に衣装替えをした湿原では」バイケイソウ、レンゲツツジなどがつぼみを膨らませ、ワタスゲが背を伸ばしていた。

尾瀬沼ビジターセンターで職員から尾瀬の成り立ちについてのレクチャーを受けた後、一行は尾瀬沼畔のベンチに腰を下ろして、湖面に映る東北地方以北で最高峰である燧ヶ岳の姿を眺めながら、持参したおにぎりで昼食をとった。そして大江湿原から浅湖《あざみ》湿原、沼尻《ぬしり》、三平下《さんぺいした》と、尾瀬沼を一周することになった。

午後三時過ぎには尾瀬沼の南岸・三平下にある尾瀬沼山荘に着き、チェックインを終えると早速、尾瀬沼と燧ヶ岳を眺めながら、根上が提供してくれた生ビールで乾杯した。

「いやあ、こんなに旨いビールは生まれて初めてですよ。たまには登山をするものですね」

鎌田は、一気にジョッキを空にした。ほかのメンバーもそれぞれ飲み干すと、売店で二杯目を求めて爽やかに流した汗の補充をした。

「本日はお疲れさまでした。これより懇親会となりますが、その前に明日の予定をお伝えします」

幹事の根上がメモを見ながら一同に伝えた。

「明日はここ尾瀬沼山荘を八時に出発して沼山峠まで直行します。沼山峠からバスで御池まで下り、マイクロバスに乗り換えていただきます。そして新しく尾瀬国立公園に組み込まれました帝釈山《たいしゃくさん》に向かい、オサバグサの群生地を見学して、檜枝岐村でお昼。これは名物の〝裁《た》ちソバ〟を用意しています。その後、今日のコースを奥只見までお帰りいただきます。それでは尾瀬を撮影して三十数年になるという写真家、剣さんに乾杯の音頭を取っていただきます」

剣の乾杯の発声で賑やかな懇親会が始まった。

「剣さん、差し入れです」

尾瀬沼山荘支配人の小田切《おだぎり》がシカの刺身をテーブルに置いた。

「尾瀬もニホンジカの食害を受けています。しかし、ここは国立公園の特別保護地区のために猟ができませんが、このシカ刺は麓の戸倉《とくら》で獲ったものですから、安心して召し上がってください」

思いがけない支配人の差し入れに、一同が拍手を送った。

「では私も差し入れです」

根上が立ち上がり、一升瓶をテーブルの上に置いた。

「これは剣さんから教えていただいた栗焼酎で、『ダバダ火振』です。何でも高知県の四万十川に行かれた際に、大正町という小さな町で見つけたそうです。ネットで手に入ったので持参しました」

「なんだ、剣さんは撮影だと言いながら、実は焼酎を探して旅しているんだ」

大橋の言葉に全員が大声で笑った。

「大橋さん、それはあんまりじゃないですか。私は撮影の合間に探しているだけですよ」

剣は苦笑いをしながら言い訳したが、かえって笑いを誘う羽目になってしまった。そんな中、根上は参加者に「魚沼から行く尾瀬」をしきりにPRしている。

「今度車内誌『トラベル』で特集ページを組みましょう」

「パックツアーを企画しましょう。そうだ、剣さんの撮影ツアーなんかもいいですね」

アルコールの入った剣自身も、奥只見湖を船で渡る快適な尾瀬を実感したのか、

「奥只見湖はダム湖ですから、さすがにカモメはいませんが、船は旅情をそそるし、コースの景観が素晴らしいですね。三十年もの間、知らなかったとは、ずいぶんと損をした気がしますよ」

などと、饒舌に語った。


翌朝、午前三時過ぎ、剣は身支度を整えると、音を立てないように静かに部屋を出て、登山靴を履き、撮影ポイントに向かった。東の空を仰ぐとすでに夜明けが始まろうとしていて、用意した懐中電灯も不要なほどだった。

剣は尾瀬沼山荘から沼尻に続く木道を進み、ポイントに着いた。身体にいくぶん寒気を感じながら尾瀬沼に目をやると、湖面に朝靄《あさもや》が生まれて静かに流れ出していた。

尾瀬沼（福島県檜枝岐村・群馬県片品村）

「おっ、これはチャンスだ！」

　剣はすばやく三脚を立ててキヤノンＥＯＳ５ＤマークⅢに70～２００ミリの望遠ズームレンズを付けると、遥か彼方に見える通称・三本カラマツに向けた。そして東の空としだいに動きを活発化し始めた湖上の朝靄の双方を見つめながら、シャッターチャンスを待った。

　剣の期待は見事に当たった。夜明けとともに朝靄が生き物のように変化を繰り返して、対岸の三本カラマツが見え隠れする。さらに左手に鎮座している名峰・燧ヶ岳も、幻想的な表情を見せて剣の写欲を掻き立てる。剣は何もかも忘れてひたすら撮影に没頭した。

「ふぅー」

　剣はため息をついて撮影の手を休めた。かつて出合った蒼い夜明けの再来かと思うほどのドラマチックな光景に、興奮を抑えられなかった。しばらくして我に返ると、医者に禁じられているショートホープを取り出して火を点け、その煙を目で追いながら、再び感動に酔いしれた。

　五時半に剣が尾瀬沼山荘に戻り、靴を脱いでいると、

「今朝は決まりましたね」

　と言って支配人の小田切がコーヒーを淹れる準備を始めた。

「おはよう、支配人。わかるかい？」

　剣は笑顔で小田切を見た。

「そりゃわかりますよ、何年の付き合いですか」

「まぁね、それにしても今朝は良かったよ。蒼い夜明けを見たのは数年ぶりだね」

「そうですか、私は昨夜《ゆうべ》あんなに飲んだから寝ていたかと思いましたよ。さすがは剣さんですね」

「そう素直に褒められちゃうとバツが悪いな。実は喉が渇いて目が覚めてしまったのが真相だよ」

剣と小田切は声を出して笑った。そこへ根上たちが顔を見せた。

「おはようございます。剣さん、職業とはいえさすがに早いですね」

この言葉に、剣と小田切は顔を見合わせて、また笑った。

「では皆さんにもコーヒーを」

小田切は席を立った。

「あれ、根上さん、北條さんの顔が見えませんね」

本田が尋ねた。

「そうですね。散歩にでも出たんじゃないですか？」

大橋が答えた。

そこへ若者二人が血相を変えて飛び込んできた。

「大変です！　人が倒れています！」

「えっ、何だって！」

剣は立ち上がって若者に尋ねた。

「この先のテラスに人が倒れているんです。すぐ来てください！」

若者は青ざめた顔で言った。

「剣さん、行きましょう」

根上が剣の顔を見た。

「そうですね、ともかく行ってみましょう」

剣は尾瀬沼山荘のサンダルを履いて外に飛び出ようとしたとき、大声で叫んだ。

「支配人、人が倒れているらしいから、担架を持って来てくれ！」

若者の後について剣たちが駆け出した。案内されたのは、三平下からビジターセンターなどがある方向に行った、通称・三平下湿原と呼ばれているところだった。駆け寄った剣は、テラスにうつ伏せで倒れている人を起こした。

「あっ、北條さん！」

剣の声に根上たちが覗き込んだ。

「北條さんだ！」

一同は観察用テラスの上に立ち尽くした。

「大丈夫ですか！」

根上が尋ねた。

「いやっ、ダメだ……」

剣は首を横に振った。そしてすでに物言わない物体と化した北條の身体をテラスの上に横たえた。

「亡くなっているんですか？」

「もう息がない……」

剣は、手足を弛緩させ、ピクリとも動かない北條を見つめながら答えた。身体には体温が感じられたので、絶命してから、まだあまり時間は経っていないと思われた。歪んだ表情に死に際の苦しさが表れていた。

「一体何があったんでしょうか？」

一同がやはり北條を見つめながら呟いた。

「ともかく警察に知らせよう」

剣が立ち上がったところに、担架を担いだ小田切が駆けつけてきた。

「支配人、北條さんが亡くなっている……。理由はわからないけど至急警察に連絡してくれないか。それからこのままでは気の毒だ。すまないけど毛布を持ってきてくれ！」

剣はてきぱきと指示を出した。

「病気でしょうか……」

本田が尋ねた。

「さあ、見たところ目立った外傷は見当たらないけど、わからないね。ともかく警察が来るまで動かさないほうがいいだろうから我々で北條さんを見守ろう。それから君たちは第一発見者だから、ここに残って」

剣は若者たちに伝えた。

「えっ、僕たちも残るんですか？」

二人は顔を見合わせ困惑した表情で剣に言った。

「迷惑だろうが、第一発見者なんだから、ともかく警察が来るまで協力してくれ」

「そんなこと言われたって予定があるし、僕たちは偶然見つけただけですよ」

背の高いほうの青年が口を尖らせて言い、もう一人も頷いた。

「わかっているよ。ただこのままいなくなってしまうと、もし、事故死だった場合は、君たちにも嫌疑がかかるぞ。そんなことになったら困るだろう。だからぜひ協力して欲しいんだ」

剣の言葉に二人は渋々承知した。

剣はテラスに横たわっている北條の口元に顔を近づけると、「この臭いは……」と呟いた。微かに臭う甘い香り、そしてほのかに桃色をしている顔から、死因は青酸性毒物によるものではないかと判断した。ただ自殺なのか、あるいはそれ以外なのかはもちろん不明だ。

「剣さん、警察が到着するまでどうしますか？」

　根上が尋ねた。

「そうですね、北條さんを一人にするわけにはいかないし、現場を保存しなければなりませんね」

　剣の言葉に皆が頷いたが、昨夜は一緒に酒を酌み交わしていた仲間の突然の死に、誰もが悪夢を見ているかのようにその場に立ち尽くした。


　八時を少し回った時、ブルーの機体に赤いラインが鮮やかな群馬県警のヘリコプター「赤城」が飛来し、山荘前の広場に砂埃を舞い上げながら着陸した。制服・私服の男が六人降りてきて、その中の坊主頭の男が小田切に近寄り、話しをした。そして、後ろから降りてきた長身の紳士に何かを伝えた。ヘリコプターが飛び去ったあと、ローターの風を避けて山荘の中にいた剣が外に出ると、

「剣さん！　剣さんじゃないですか」

　と、長身の紳士に声をかけられた。

「なんだ横堀《よこぼり》君か、それから大岩《おおいわ》さんも」

　剣も二人に歩み寄った。

「尾瀬沼山荘の支配人からお客さんが亡くなったと、一一〇番通報がありまして、こうして急行して来たんですが、発見者は剣さんですか？」

「いや、違うよ。亡くなった人が一緒のグループだったんだ」

剣は横堀にこれまでの出来事を話しながら、ツアーの事務局長である根上を紹介した。

沼田北署刑事課の横堀課長と、根上は名刺を交換した。

「詳しいお話は後ほど伺うとして、まずは仏さんに会わせてください」

横堀は、岩長《いわちょう》こと大岩部長刑事ら部下に合図をすると、根上を急かせて現場に向かった。木道をすれ違う登山者は制服姿の警察官を見て、何事かと訝しげな顔をしている。

「この仏さんですか……」

大岩は腰を下ろすと合掌した。そして毛布を剝がして北條の顔を見た。

「課長、見てください」

大岩の言葉に横堀も近づいて覗き込んだ。

横堀が大岩に頷くと、

「間違いありませんね」

と大岩も頷いた。剣が横堀の耳元で「やはり青酸性毒物かな」と言うと、横堀は、

「そうですね、決めつけるわけにはいきませんが、十中八九間違いないでしょうね」

と言って、大岩に指示した。

「私は尾瀬沼山荘で剣さんや発見者から事情聴取をしますから、ここはお願いします。それから後

発隊が着いたら岩長も山荘に来てください」

横堀の言葉で剣や根上たち、それから第一発見者の若者二人は尾瀬沼山荘に向かった。

「改めまして、私は群馬県警沼田北署の横堀と申します。これから発見者のお二人、それから現場に駆けつけたお仲間の方の順でお話を伺いますから、ご協力をお願いします」

横堀は手際よく事情聴取を始めた。またヘリコプターで後続隊が到着したのに合わせて、大岩も事情聴取に加わった。聴き取った内容は、おおむね次のようなものであった。

――亡くなった北條は新潟新聞社編集委員で、魚沼から行く尾瀬のPR事業として昨日七名で入山した。昨晩、北條と同室だったのは、新城、大橋、本田の三人だったが、昨夜は全員が飲み過ぎてしまい、いずれも何時に寝たのか記憶にない。また夜中に目覚めた者もいない。今朝、一番早く目を覚ました本田が五時に起きた時に、北條はすでにいなかったが、朝の散歩だと思っていた。隣の部屋で寝ていた根上、鎌田、剣の三人も夜間は熟睡し、夜中に北條を見た者はいない。撮影のために三時過ぎに起きた写真家の剣は、北條が発見された場所と反対方向に行ったため、北條とは会っていない。参加者全員が、昨日の北條に特に変わったところはなかったと答えた。

次に発見した若者の証言。

――昨日は、尾瀬沼山荘から一キロほど東にある尾瀬沼ロッジに宿泊した。今朝五時に宿を出て、尾瀬沼の南岸を通って沼尻から尾瀬ヶ原に行こうと歩いていた。朝靄の中に燧ヶ岳が見えたので写真を撮ろうとして、テラスの先端に行ったら倒れている人がいた。具合が悪いのかと声をかけて近づいたら息がなく、驚いて山荘に知らせた。

ひと通りの事情聴取が終わった時点で、横堀が立ち上がり伝えた。

「皆さん、ご協力ありがとうございました。現在の時点では病死だったのか、あるいは事故死なのかを断定できません。したがいましてご遺体は大学病院に搬送して、詳しく調べることになります。場合によっては、再度皆さんにお話を伺う場面もあるかと思います。その折にはぜひご協力をお願いします。ご苦労様でした」

この言葉を潮に、発見者の若者たちは「やっと解放された」と言いながら尾瀬沼山荘を出て、沼尻に向かった。剣たちは食堂に残り、根上を中心に善後策を話し合った。その結果、北條の遺体は警察に任せて下山することにし、家族への連絡も警察に一任することとした。

「横堀君」

剣は横堀に声をかけた。

「ずいぶんと慎重な言い回しだったけど、死亡原因は青酸性毒物で間違いなさそうだね」

「ええ、ただこの場で伝えますと、皆さんに動揺が生じかねませんので曖昧な言葉に止《とど》めました」

剣も横堀の配慮が賢明だと感じた。

尾瀬沼山荘前の広場で、ヘリコプターに乗せられた北條を見送った剣たち一行は、根上を先頭に沈痛な面持ちで沼山峠へと続く木道を一列になって歩き始めた。

「北條さんは病気だったんですかね」

「そういえば時折考え込んだりしていたような気も……」

「昨夜はあまり飲まなかったのではないでしょうか」

「それにしても、ずいぶんと苦しそうな顔だったな」

「ご家族は驚くでしょうね」

剣の背中に様々な声が聞こえた。

「剣さん、主催者として私は沼田北署に出向くように言われました。何だか不安ですよ……」

「そうですか、沼田北署は私の地元の警察だからご一緒しますよ。奥只見に着いたらその足で直行しましょう」

剣は根上の背中に答えた。

この日行く予定だった帝釈山を中止して、一行は十四時過ぎに奥只見に戻ってきた。

「皆さん、ご苦労様でした。北條さんが亡くなるという不幸が起きてしまいましたが、奥只見尾瀬観光活性化委員会としましては、皆様のご協力をいただきながら様々な事業を展開してまいりたいと考えています。今後ともご支援、ご協力をお願いします。なお、北條さんの葬儀、告別式は決まり次第ご連絡を差し上げたいと思います。本日はこれにて散会いたします」

根上のあいさつが終わると、参加者は言葉少なに互いにあいさつを交わして帰路に就いた。剣も根上をランドクルーザーに乗せると、全長二十二キロの奥只見シルバーラインを抜けて、小出《こいで》ＩＣで関越道に乗り、沼田北署を目指した。


沼田北署に着いた剣と根上は、二階の刑事課に向かった。

「遅くなりました」

二人が部屋に入ると横堀が立ち上がった。

「ご苦労様です」

横堀は椅子を勧めて、大岩を呼んだ。

「先ほど司法解剖が終わりまして、やはり青酸性毒物による中毒死と判明しました。また胃の中にコーヒーが残っていたことから、コーヒーに青酸性毒物、つまり青酸カリを混入して飲んだものと思われます。また、このコーヒーを自ら飲んだのか、あるいは第三者によって飲まされたのかは不明です。しかし、現場にコーヒーのカップや水筒のような容器が見当たらなかったところから、我々としましては後者に強い関心を抱いています」

大岩は報告書に目を落としながら、剣と根上に伝えた。

「自ら飲んだとは、つまり自殺ということですか？　それから第三者に飲まされたとは、殺されたという意味でしょうか？」

根上が尋ねた。

「一般的にはそう考えられますね」

大岩は扇子を扇ぎながら事務的に答えた。

根上は剣の顔を見た。剣は黙って頷いてから大岩に尋ねた。

「そうすると警察は自殺ではなく、事故、あるいは事件性を考えているのかな？」

「そうですね、自殺をまったく否定するわけではありませんが、間もなくご遺族、といっても娘さんが一人のようですが、おみえになりますから、その辺はある程度は明らかになると思います」

この時ドアが開いて三人の男女が入ってきた。

「ご連絡をいただきました、新潟の北條ですが……」

年配の男性が名乗った。大岩は席を立つと対応に出た。

「ご苦労様です。私は刑事課の大岩です。北條大輔さんのご家族の方ですね？」

「私は北條さんと一緒に働いていた水原三紀彦《みずはらみきひこ》と申します。こちらが娘さんの亜季《あき》さんです」

亜季と紹介された女性は半歩前に出ると、蒼白な顔ではあったが姿勢を正し、

「北條亜季です。このたびは父が、ご迷惑をおかけしました」

とあいさつした。あまりにも気丈な姿にやや驚いた横堀、そして剣と根上も慌てて立ち上がりお辞儀をした。

「それからもう一人は、北條さんの部下の東山憲一郎《ひがしやまけんいちろう》君です」

水原は紹介した。

「早速ですが、まずは、ご遺体の確認をお願いします」

大岩は三人に告げると、先導して刑事課の部屋を出ていった。

「こういう時が刑事をしていて、いちばん辛い時ですね」

横堀が剣と根上に言った。

「そうだろうな、それにしてもしっかりしたお嬢さんだね」

剣は横堀と根上にささやいた。そして横堀に尋ねた。

「我々も北條さんにお会いしたいんだけど……どうだろうか」

「そうですね、お話は岩長が戻ってから伺うとして、では、私が霊安室にご案内します」

横堀は剣と根上を連れて霊安室に向かった。

「お父さん！」

霊安室のドアを通して亜季の嗚咽が聞こえた。三人はドアの前で立ち止まったが、顔を見合わせると中に入った。そこには北條の亡骸にすがり、泣き崩れる亜季の姿があった。一同はただ見守るしか術がなかった。

刑事課の会議室に入った亜季たちと剣たちは、改めてあいさつを交わした。そして大岩による事情聴取が始まった。まず最初に今回の「魚沼から行く尾瀬」の主催者、根上からスケジュール、過程などが説明された。続いて横堀が尾瀬沼山荘で聴取した内容を二人に伝え、次に剣が警察の到着を待つ間の様子などを時系列で話した。これも亜季たちへの説明だった。

「では、私から北條さんに若干、質問させていただきます。お父さんが亡くなられ、辛いとは思いますが、大切なことなのでご協力をお願いします」

大岩は立ち上がると、亜季の顔に目を向けながら質問を始めた。

「まず、質問に先立ち司法解剖の結果をお話しします。死亡推定時刻ですが、六月二十四日午前四時から五時の間。死因は、青酸性毒物による中毒死と判明しました。北條さんの体内、そして現場で微量ながらコーヒーが検出されましたから、コーヒーに混入して飲まれたものと思われます。そこでお伺いしますが、お父さんに自殺をほのめかすような言動はありませんでしたか？　それとも何か思いつめたような様子はありませんでしたか？」

この問いに、亜季は真っ赤な目をしながらきっぱりと答えた。

「いいえ、まったくありません」

「ほう、なぜそう言えますか？」

　大岩は辛そうな表情で、あえて意地の悪い質問をした。

「父は来月、青森県の十和田湖で行われる音楽祭に、私が出演するのを楽しみにしていて、母の遺影を持って応援に行くと言っていました。そんな父が自殺するなんて考えられません」

「そうですか、では健康面はいかがでしたか？」

　この質問には同僚の水原が答えた。

「今月初めに一緒に人間ドックに行きまして、お互いにまったくの健康体で、これからタバコも酒も存分にやれるぞと自慢し合っていました。ですから北條さんが、健康面で不安を抱いていたことはないと思います」

「私も父にお酒とタバコに気をつけてと言ったら、〝心配するな、お父さんは医者にお墨付きをもらっているんだ。やっぱり毎朝の散歩が効いているな〟と自慢していました」

「そうですか、そうしますと北條さんは健康には自信をお持ちだった。そしてお嬢さんの音楽祭を楽しみにしていた。他に思いつめた様子もなかった。つまり自殺を予見させるようなことは皆無というのが、皆さんの一致した結論ですね」

　亜季と水原が頷いた。

「実は警察も自殺の線は薄いと考えています。なぜならば、青酸性毒物をコーヒーに混入して飲んだにもかかわらず、その容器などが周辺から見当たらなかったこと、それから遺留品の中にも、白殺を思わせるようなものは見つかっていません。加えて皆さんのお話を伺い、自殺の線が薄いことがわかりました。つまり、事故、あるいはなんらかの事件に巻き込まれた可能性が高くなったということです。したがいまして、改めてお話を伺いに捜査員を派遣しますから、ご協力をお願いします。今日のところは時間も遅くなりましたので、警察で用意しましたホテルにてお休みください」

大岩は一礼して若い刑事に指示を出した。

亜季たちが去ると大岩は、根上に尋ねた。

「今回の尾瀬ですが、スケジュールなどは参加者だけに知らされたのでしょうか？」

「いいえ、事前にＰＲを兼ね、北條さんにお願いして新潟新聞で記事にしてもらいました」

「そうしますと不特定多数の方が知り得たといえますね」

「新聞を読んだ人なら誰でも……」

そんな二人の会話に剣が口を挟んだ。

「先ほどの亜季さんの話から、北條さんは毎朝散歩をしていたみたいだよね。だから新聞を読んだ人で、北條さんの朝の散歩の日課を知っている人物ならば、尾瀬でも北條さんが朝の散歩をすると予想して接触することが可能だと考えられないかい？」

「ええ、剣さんのおっしゃる通りです。なんといっても人間の習慣は、そう簡単に変えられるものではありませんからね」

剣も大岩の意見に頷いた。そして話を続けた。

「北條さんのことを、自分に置き換えて考えてみるとわかりやすいんだけど、たとえ尾瀬といった開放的な場所であっても、見ず知らずの人からいきなりコーヒーをもらって飲む可能性は、ゼロではないにしても考え難い。そうなると、やはりコーヒーを飲ませた人物は、北條さんの顔見知りと考えるのが自然だね。どうだろうか？」

「私も剣さんと同じ考えです。北條さんの顔見知りで北條さんに殺意を持った人物が、同じ朝に尾瀬に入山していた可能性がありますので、皆さんが宿泊した尾瀬沼山荘はもちろん、他の二軒の山小屋からも当日の宿泊者名簿を借りて、確認作業をしています。ただご承知のように、夜間に入山が可能な大清水から入る人も皆無ではありませんから、この辺は難しい作業になるかと思います」

大岩は沈痛な面持ちで語った。

「死亡推定時刻から考えて、マイカー規制のある沼山峠や尾瀬ヶ原、あるいは富士見峠からの人はまずいないだろうけど、大清水からの人は無視できないね。それから、山小屋で働く人たちから何か情報はなかったかな」

「ひと通り話を聞いてきましたが、北條さんの死に関係するような話は何も聞けませんでした」

「そうか。さて、あとは警察に任せることにして、時間もだいぶ遅くなったから、我々も失礼しましょうか」

剣と根上は刑事課の会議室を辞去した。そして沼田北署の玄関先で根上に言った。

「根上さん、今夜はうちに泊まってください」

「ありがとうございます。実は先ほどトイレに立った際に、沼田駅前のホテルを取りましたから、ご心配なく」

「えっ、なんだ、水臭いなあ、ホテルはキャンセルしてくださいよ」

「でも、今日の報告を市長や関係者にしなければなりませんから、お心遣いには感謝しますが、失礼させていただきます」

結局、剣は根上をホテルに送ると、自宅に帰った。そして、妻の梓が用意した焼酎を飲みながら、長かった一日の出来事を語った。


翌朝、谷川岳で夜明けの撮影を終えた剣は、その足で沼田北署の刑事課を訪ねた。

「朝からご苦労様です」

横堀が笑顔で迎え、ソファーを勧めた。そこへ大岩がコーヒーを持ってきた。

「昨夜は遅くまでご苦労様でした。先ほどご遺族の方もみえまして、ご遺体の引き取り手続きをしていただいています」

大岩は経緯を説明した。

「岩長さん、昨夜の話だと、事件性が濃厚ということだろうか?」

「はい、ご承知のように自殺の線はほとんど消えました。また尾瀬という地域性からも事故は想定し難いですから、やはり事件性を重視しなければなりません。もちろん娘さんは〝父は人に恨まれるようなことはしていない〟と言っていますが、仏さんの職業が新聞記者ですから、逆恨みされることがないとは言えません。したがって、今日にも捜査員を新潟に派遣して捜査を開始します」

大岩は任せてくださいと胸を張った。

「それから昨夜、話をしていた、尾瀬沼山荘、尾瀬沼ロッジ、尾瀬沼小屋の宿泊者名簿の調べはどうかな?」

「幸いに閑散期で宿泊者が少なく手分けをして調べていますから、間もなく結果が出るでしょう」

大岩は自信満々に答えた。

翌々日、雨の中、新潟市内の阿賀野川にほど近い市営の斎場には、北條大輔の死が殺人事件と報道されたこともあり、重い空気が漂っていた。そんな中で、たったひとりの肉親である父を突然失ったにもかかわらず、その悲しみに必死に耐えて振る舞う亜季の姿が人々の涙を誘った。

「ずいぶんといろんな方がみえていますね」

焼香の順番を待ちながら、根上は剣に呟いた。

「そうだね、地元新聞社の編集委員だったから、様々な人との交流があったんだろうね」

剣は小声で答えた。他にも尾瀬沼山荘で楽しい一夜を過ごした鎌田、新城、大橋、本田も沈痛な面持ちで参列していた。

「群馬の刑事さんも来ていますね」

根上がまた剣に呟いた。

「そのようですね」

剣は答えながら大岩に目礼をした。その時、背後から呼び止められた。

「剣さん！」

剣は振り返った。

「君は……、宮ちゃん！」

「はい、宮崎です。ご無沙汰しています」

「いやぁ、こちらこそご無沙汰。ずいぶんと立派になって」

「とんでもありません。剣さんこそ、ご活躍で。私の部屋にも剣さんが撮影された日本の森のカレンダーがありますよ」

「それはありがとう。ところで北條さんとは知り合いなの？」

「昨年赴任しまして、特に夜の部で親しくしてもらっていたんです。それよりも剣さんこそ……」

「うん、話せば長くなるけど、一緒に尾瀬沼に行った間柄だよ」

「尾瀬沼って、まさか？」

「そう、そのまさかさ。君がここに現れたのでは、いずれ話さなければならないだろうが、場所柄今日のところはお許しいただきたいな」

「もちろんです。では近いうちに剣さんとゆっくりお話しできることを楽しみにしています」

宮崎は名刺の裏に携帯電話の番号を書き込んで差し出した。

「お知り合いですか？」

根上が尋ねた。

「ええ、古い友人ですね」

剣と根上は揃って焼香を済ませると、亜季にお悔やみの言葉を述べて斎場を出た。

「一日も早く犯人が逮捕されることが、せめてもの供養ですね。剣さんはこれからどうします？」

「ここで失礼して、このまま裏磐梯《うらばんだい》に行こうと思っています」

「裏磐梯ですか？」

「ええ、再来年のカレンダーの撮影が遅れていますから、裏磐梯、それから山形県の小国町《おぐにまち》にある温身平《ぬくみだいら》でブナを撮り、一旦帰宅しようと」

「そうですか、ではまた〝魚沼から行く尾瀬〟でお世話になりますが、今日はここで失礼します。お車の運転にはお気をつけください」


根上と斎場の駐車場で別れた剣は、ランドクルーザーの中で着替えを済ませると、車をスタートさせた。そして磐越道安田ICから猪苗代磐梯高原《いなわしろばんだいこうげん》ICまで一気に走り抜け、裏磐梯に入った。剣はビジターセンターの駐車場に車を停めると、そぼ降る雨に煙る森を眺めた。

「青葉雨か、今日は中津川渓谷が良さそうだな」

そう呟くと剣ヶ峰から有料道路・磐梯吾妻《ばんだいあづま》レークラインに入り、梅雨時とあって閑散としている中津川PAに車を停めた。そして、レインウェアを着ると、ラムダのカメラザックを背負い中津川渓谷への道を下った。

白い色をした渓谷の岩盤は雨に打たれて妙に艶っぽい。また渓谷を染める新緑も大からの恵みで、より生き生きと精彩を放ち、ホオノキは重そうに大きな花で梅雨を受け止めている。剣はザックからペンタックス67Ⅱを出して、55～100ミリの大きなズームレンズを取り付けると、三脚にしっかりとセットして、雨滴に注意しながら撮影を始めた。

中津川渓谷（福島県北塩原村）

「カチャン、バシャン」

　ペンタックス67Ⅱのミラーアップの音に続き、シャッターの音が響いた。

　一時間ほどの撮影を終えた剣は、汗びっしょりでランドクルーザーに戻ると、磐梯吾妻レークラインで剣ヶ峰に引き返して、定宿のペンション〈豆わらじ〉に向かった。

「やあー、待ってましたよ」

　玄関に入ると、オーナーの小椋将夫《おぐらまさお》、ルミ子夫妻が揃って笑顔で迎えた。

「見てよ、すっかり濡れちゃったよ」

「雨の中で写真を撮っていたんですか？」

と、呆れ顔をしながらルミ子がバスタオルを渡してくれた。

　剣はエアコンの効いた部屋の中に濡れた機材を広げて乾かすと、早速大きな檜風呂に浸かり疲れを癒した。

「今夜は剣さんの貸し切りだよ」

　オーナーの小椋が生ビールのジョッキを剣に手渡した。

「何か申し訳ないね」

　剣はオーナー夫妻の顔を見た。

「たまには我々だって骨休めをしなければ、身体がもちませんよ」

ルミ子の言葉に三人は再会を祝して乾杯をした。

「ところで剣さん、尾瀬沼では人変だったね。一緒にいた人が亡くなったんだって?」

小椋が口火を切った。

剣はジョッキをテーブルの上に置くと答えた。

「そりゃ驚いたよ。前の晩は楽しく飲んで騒いでいた仲間が、夜が明けたら亡くなってたんだからね。しかも警察の話だと事件性が強いっていうから、二重の驚きだよ」

「テレビのニュースを見た時は病気で亡くなったのかと思っていたけど、今度は尾瀬沼で殺人事件か……。この前は至仏山でも殺人事件があったでしょ。尾瀬もずいぶんと物騒な場所になったね」

小椋は、ルミ子と顔を見合わせた。

剣は警察での事情聴取、そして今日の葬儀の話をしようかと考えたが、あまりふさわしい話題ではないと判断して、あえて別の話に変えると、携帯電話が鳴った。

「なんだ、脇さんか」

「なんだはないでしょう、剣さん」

電話の相手は飲み友だちの、群馬県警察本部刑事部長である脇田京一郎《わざたきょういちろう》だった。

「いや、失礼。ところでご用件は?」

「横堀君から報告を受けましたよ。大好きな尾瀬で大変でしたね」

「本当だよ、一緒に尾瀬を楽しんでいた仲間が亡くなったんだからさ」

「ところで明日、いつもの高級割烹に出かけませんか？」

「明日はダメだよ。山形県の飯豊山《いいでさん》の麓に行く予定だから」

「山形に行くって、今どこですか？」

「福島県の裏磐梯だよ」

「それは失礼しました。でも剣さんだったら山形県ぐらいからなら、愛車のランクルであっと言う間に帰ってこれるでしょう」

「だめだよ。明日は飯豊山ロッジに泊まって、温身平でブナを撮るんだから到底帰れないね」

「そうですか。横堀君と岩長が剣さんのご意見を拝聴したいとせがむものでね。捜査協力をお願いしたかったのに、遠方では仕方ないですね。二人にはその旨伝えますよ。いやー、実に残念だな」

脇田はもったいぶった言い方をして電話を切ろうとしたが、

「わかりましたよ。帰ればいいんでしょう、帰ればば。少し遅くなるかもしれないけど、帰りますよ」

と、剣は脇田の誘惑に負けてしまい、明日の帰りを約束してしまった。そんな剣は、小椋に米どころ会津だから日本酒を飲まなくては、と勧められるままに慣れない冷や酒を飲まされた。

翌日、早い朝食を済ませると、小椋夫妻に見送られてペンション〈豆わらじ〉を後にした剣は、しとしとと降り続く陰性梅雨の中を、蔵とラーメンで知られている喜多方市《きたかた》に下り、国道一二一号線で大峠を越えて米沢市に入った。そして国道五八号線から国道一一三号線（米沢街道）に進み、荒川に玉川が合流する赤芝発電所手前で、長者原、飯豊連峰登山口線に分け入り、温身平を目指した。裏磐梯を発っておよそ四時間強で、温身平ゲート前の駐車場に着いた。

剣は今日もまたレインウェアを着込むと、微雨と霧までもが新緑に染まるブナの森である通称・森林セラピーの道を歩きながら、樹齢二〇〇～三〇〇年と思える巨樹たちを撮影した。連日の雨のためか森に人影はなく、幽玄の世界を十二分に堪能しながらの森歩きは楽しかった。日本各地の森の森の撮影も続けている剣にとっては至福の時間ともいえた。そして約二時間後、撮影を終えた剣は、車に戻ると着替えをして、〈豆わらじ〉が作ってくれた弁当で遅い昼食をとった。そしてショートホープに火を点けて、しばしの休憩を取った。

剣のランドクルーザーは荒川、ＪＲ米沢線と並行する国道一一三号線を西に走り、胎内市十文字で国道七号線を横断して、胎内ＩＣから日本海沿岸東北道に乗り入れた。そして雨脚が強くなった北陸道、関越道と繋ぎ、十九時半過ぎには梓が待つ我が家に着いた。

「あらまっ、ばかに早いのね」

突然の帰宅に梓は驚いた。

「うん。裏磐梯で脇さんから電話があってさ、どうしても今夜会いたいとせがまれたんだよ。だから仕方なしに予定を切り上げて帰ってきたのさ」

「また、そんなお話をして、尾瀬沼の事件に首を挟むおつもりでしょ」

梓はネコのジュンを抱きながら、上目遣いで剣の顔を見た。

「そんなことはないよ、横ちゃんが意見を聞きたいというから〝ぜひ〟と脇さんに頼まれてさ」

「ほらごらんなさい、やっぱり事件のことでしょっ」

「ともかく時間に遅れているんだから、早く送ってくれよ」

剣はブツブツ言う梓を急がせて、脇田らが待つ高級割烹〈仙石〉に向かった。


「お疲れさま」

脇田が手を上げた。

その横で横堀と大岩の二人が一礼した。

「本当にお疲れなんですよ、私は」

剣は苦笑いしながら脇田の正面に座った。

「ではメンツが揃ったところで、横堀君、話してくれないか」

脇田は真顔になると横堀に指示した。

「はい、では剣さんも事件の関係者としてお聞きください。まず、北條さんと行動を共にしていた参加者の皆さんのアリバイ、尾瀬沼地区の三軒の山小屋で働く人たちのアリバイ、第一発見者の若者二名の裏は取れました。次に、大清水から夜間に入山した者についてですが、大清水登山口に駐車していた二十一台の車両の持ち主に連絡をとったところ、全員前日の昼間に入山した宿泊者という確認が取れました。次に、宿泊者についてですが、尾瀬沼ロッジに宿泊した男女二名の確認ができていません。宿泊者名簿には、東京都新宿区市ヶ谷3―××、渡瀬義郎、加津子と記載してありますが、新宿署に照会しましたところ当該地はなく、名前も偽名と判明しました。そんなことから、岩長が支配人の平野さんから聴取したところ、二人は予約なしのフリー客で、二十三日の夕方にチェックインしたそうですが、夕食以外は部屋に籠っていて姿を見せなかったそうです。また朝食はいわゆる朝食弁当を持ち、早朝に発ったそうですが、時間は摑めていません。それから平野支配人の証言ですが、女は背が高くて細身、顔は若い頃の中野良子に似た美人だったそうです」

「ほう、中野良子に似た美人ね。で、男のほうは」

　剣が尋ねた。

「それがですね、背が高くて三十代ぐらいの男としか覚えていないそうです。つまり女に見とれてしまい記憶がないということです」

「そんな美人が現れたのならば、男に関心がいかないのも無理はないだろうな」

脇田が悟ったような顔で言った。

「次は岩長頼むよ」

脇田の言葉に軽く一礼をした大岩が、メモを見ながら話し始めた。

「昨日、ガイシャの葬儀で剣さんにもお目にかかりましたが、今のところ新聞記者としても個人的にも、殺害を連想させるようなトラブルは見つかっていません。引き続き身辺捜査を続けていきます。ただ本署にもみえた部下の東山憲一郎記者の話ですと、ここ一カ月ほど県内はもちろん、東京や長野にも数回出向いて精力的に取材を続けていたそうですが、内容までは掴めていません。それから娘さんの亜季さんへの聴取は、葬儀が済みましたので明日から再開したいと考えています。以上です」

大岩の報告が終わったところで、

「このお二人は署に戻って仕事だそうだから、我々だけでも喉を潤しましょう」

と、脇田が剣にビールを注いだ。剣は一気にグラスを空にすると横堀に尋ねた。

「横ちゃん、短い間によくそれだけ確認が取れたね。今の話からすると尾瀬沼ロッジに泊まった男女が怪しいけど、偽名のようだから、平野支配人が言ってた中野良子に似た美人というだけでは、なかなか厳しい捜査になるね」

「ええ、そうなんですが、すでに尾瀬沼ロッジの支配人や従業員の協力で、似顔絵を作りましたから、明日からは全捜査員に持たせて、この女の割り出しに当たります」

「これは素人の思いつきだけどね、これまでの話を聞いていて、事件といってもいわゆる突発性の事件ではなく、あらかじめ北條さんを殺害する目的を持った人物の計画的な犯行が濃厚だと思える。そうなると今回の尾瀬は、奥只見尾瀬観光活性化委員会が企画して、新潟新聞の紙面でスケジュールなどを事前に紹介しているし、その男女、あるいはどちらかが新潟県内に居住しているか、勤務をしているかなど、何らかの関係を持っていると考えてもいいのではないだろうか」

剣は素朴な意見を横堀に話した。

「ええ、おっしゃる通りだと思います。したがって明日からは岩長たちに加えて、新潟県での捜査員を増やして徹底した捜査を行います。また刑事部長から新潟県警への捜査協力も依頼してもらいましたから、早晩女の身元割り出しができるものと確信しています」

若い横堀はきっぱりと言った。そして大岩と一緒に沼田北署に戻っていった。

「ところで剣さん、率直なところどう読んでいるかな？」

脇田は剣に尋ねた。

「男女の割り出しはもちろんだけど、北條さんの部下である東山記者が話していたという取材にヒントがありそうだね。県内だけではなくて東京や長野にも出向いていたようだから、この取材内容に興味津々だね」

剣は脇田のグラスにビールを注ぎながら答えた。そしてビールからいつものように焼酎に変えると、紅花の君こと〈仙石〉の女将の手料理に舌鼓を打った。

第二章——再会

十和田湖 瞰湖台（青森県十和田市）

数日後、下北半島の恐山《おそれざん》近くでアオモリヒバ（ヒノキアスナロ）の原生林や、ブナの巨木などの撮影を終えた剣は、愛車のランドクルーザーで十和田湖畔の定宿・民宿〈しもむら〉に着いた。そして、お茶を一杯ご馳走になると、再び撮影に出かけ、瞰湖台《かんこだい》で夕暮れを待っていた。

瞰湖台は十和田湖有数のスポットのためかマイカーや観光バスが次々に集まり、そのたびに観光客が歓声を上げていた。しばらくして静けさが戻り、やれやれとため息をついた時、剣の背中に声がかかった。

「失礼ですが、写真家の剣さんではないでしょうか……」

剣が振り返るとスラリとした若い女性が立っていた。剣は一瞬戸惑ったが、すぐに思い出した。

「あなたは……」

「先日、沼田北署でお会いした北條亜季です」

と答えるとお辞儀をして、

「その折は大変お世話になりまして、ありがとうございました」

と、丁寧に礼を述べた。

「北條大輔さんのお嬢さんですね」

「はい、父のことでは本当にありがとうございました」

亜季は重ねて礼を述べた。剣も改めて悔やみの言葉を言った。

「それにしても驚いたなぁ、こんな所でお会いするとは」

「私も剣さんを見た時は驚きました」

　亜季は笑顔で剣に言った。

「私は仕事だけど、亜季さんは旅行ですか？」

「いいえ、私も仕事です。私、こう見えてもピアニストなんです。父を亡くしたばかりなんですが、楽しみにされているお客様のことを考えると、どうしてもキャンセルができなくて、昨日、今日と湖畔のホテルで開催された『蒼い湖ショパン音楽祭』に参加していました」

「そうですか、十和田湖でピアノの音楽祭ですか。そういえばお父さんも楽しみにしていたと言っていましたよね。私も聴いてみたかったな」

「はい、その時に話した音楽祭です。素晴らしい音楽祭でしたよ。剣さんがこちらにいらっしゃっていたのなら、ぜひ聴いていただきたかったのに。残念です」

　剣は、音楽祭の様子を明るく話す亜季を見て、最愛の父の死から立ち直ろうとしている、健気な姿に胸を打たれた。

「ところでここ瞰湖台には？」

「はい。私がまだ音大の学生の時ですが、亡くなった父と母と三人で十和田湖、八甲田山を旅行したことがありましたので、十和田湖に来たついでに寄ってみました。その時は秋の紅葉の季節でしたが、周辺の山々が赤や黄色に染まり、燃えるような景色でした。そして母の提案でこの瞰湖台から、オレンジ色の夕焼けを眺めました。空の雲はもちろんですが、十和田湖の湖面までもがオレンジ色に輝き、今でも忘れられない光景です。ただ、父が夕日をバックに母と私のツーショットを撮ってくれたのですが、フラッシュを焚かなかったものですから、二人とも顔が真っ黒になっていて、後で大笑いしました。新聞記者なのに父は写真が下手だったんです」

亜季は親子三人での楽しい旅行の思い出を語りながら、亡くなった父とのことを振り返り、涙を浮かべていた。剣はそれには気付かないふりをした。

「紅葉の季節に家族で十和田湖を訪れたのか……。ここ十和田湖は新緑の季節ももちろん素晴らしいけど、秋は木々の紅葉と湖のコントラストが絶妙な味わいを見せてくれて、まさに絶景なんです。そんなことから、私は三十年も繰り返し訪れているんですよ」

「三十年もですか？　では私がまだ生まれる前から剣さんは十和田湖に来ているんですね」

亜季は驚きながら剣を見た。

「その頃は髪の毛も真っ黒だったし、顔にシワもなかったけどね」

剣がおどけてみせると、亜季はクスッと口元をほころばせて、

「シルバーグレイも素敵ですよ」

と剣を見つめた。剣は年甲斐もなく照れながら亜季の予定を尋ねた。

「今夜は休屋にある〈レークビラ十和田湖〉に泊まって、明日帰ります。剣さんは、いつまでこちらにいらっしゃるんですか？」

「私は明後日まで十和田湖、八甲田山を撮り、その後、秋田県の鳥海山を、そして山形県の最上に移動して、幻想の森などを撮ってから帰るつもりです」

「えっ、そんなにもたくさんの所を回るんですか？　お写真のお仕事って大変ですね」

「そんなことはないですよ。何と言っても好きでしていることだからね。いつもどんな光景に合えるのかとワクワクするんです」

剣は真顔で亜季に話した。そして、夕焼けの始まった空を見上げると亜季に尋ねた。

「亜季さん、今日これからの予定は？」

「えっ、今日の予定ですか？　特にありませんが、ホテルに帰って夕食をいただくだけです」

「ではよかったら私が泊まる民宿に来ませんか？　ホテルの食事もいいだろうけど、あそこの女将の郷土料理は絶品だから。それから差し支えなければ、お父さんの話を伺いたいな……」

剣は北條大輔の死に強い関心を抱いているのだが、〝魚沼から行く尾瀬〟で初めて知り会い、尾瀬沼山荘で酒を酌み交わしただけで、まったくその人となりを知らない。そんなことから娘の亜季から少しでも情報を得ようと考えた。

「ではお言葉に甘えてお邪魔させていただきます」

亜季も剣から尾瀬沼での父親の様子を聞きたいと考えたのだろう。携帯電話を取り出すと、ホテルに迎えの車を断り、夕暮れの撮影を終えた剣のランドクルーザーに乗った。

「大きな車ですね」

「カメラや三脚、それから着替えや登山用具などが積み込んであるし、宿のない所では寝泊まりするからね。どうしてもこのくらいの大きさが必要なんですよ」

「車の中に泊まるんですか？」

「もちろん。私が撮影している地域は宿のない所がたくさんあるから、そんな時はこの車の中でシュラフに潜り込んで寝るんです。まるで蓑虫みたいだね」

「蓑虫だなんてっ」

この言葉に亜季は声を出して笑った。

「おばちゃん、お客さんを連れて来たから、夕飯ひとり追加してよ」

剣は民宿〈しもむら〉の玄関を入ると声をかけた。

「あれっ、剣さん、どこでこんなきれいなお嬢さんをナンパしてきたんだ？」

女将がエプロンで手を拭きながら顔を出した。

「ナンパはひどいな」

と、苦笑いをしながら剣は亜季を紹介した。亜季も、

「突然すみません」

とお辞儀した。食堂で剣はインスタントコーヒーを淹れると、亜季に尋ねた。

「早速だけど、警察はお父さんが何かの事件に巻き込まれて殺害されたものとして、捜査を開始している。このことは亜季さんも知っているよね。そこでいくつか聞きたいんだけどいいかな？」

剣は亜季の目を見て尋ねた。

「はい、先日も刑事さんがみえて父の仕事のこと、それから交遊関係についていろいろと聞かれました。でも、私も仕事を持っていますし、父といつも一緒にいたわけではないので、仕事のことはもちろんですが、交友関係と言われても皆目見当がつかず困りました。ただ、五年前に母を癌で亡くしてからは、父娘二人きりになってしまったと、私のことを気遣ってかあまり外でお酒を飲み歩かなくなりましたし、毎朝散歩をするなど健康面もずいぶんと気にしていました。いつも穏やかで優しい父だったので、そんな父が誰かの恨みを買うとか、事件に巻き込まれるなんて、私にはまったく考えられないんです」

亜季は訴えるような目で剣に答えた。

「私は今回の尾瀬で初めてお父さんと知り合ったんだけど、新潟新聞では編集委員だったんだよね」

「はい、同期の方たちはそれぞれ部局長になりましたが、父は生涯一記者を貫くんだと管理職にな

るのを断っていたようでした」

「つまり、亡くなるまでお父さんは、現役記者として取材活動をしていたことになるね」

「ええ、毎日どこかへ出かけていました。でも今もお話ししたように、父がどんな取材をしていたのかはまったくわかりません」

「なるほど、仕事の件は職場の方に聞くとして、何かお父さんのことで気が付いたことはなかったかな?」

亜季はしばらくカップの中のコーヒーを見つめていたが、顔を上げると、

「そうですね、最近というと、長年乗っていた車を下取りに出して、新しくトヨタのハイブリット車SAIに買い替えたことくらいでしょうか。毎日の出勤だけではなく取材にも使っていたようです。そして、〝こいつは燃費がいいから助かる〟と盛んに自慢していました」

「ハイブリット車か。それならクリーンで燃費もいいだろうね」

「はい、ここ一カ月ぐらいはずいぶんと走り回っていたようですから、エコカーを実感していたのかもしれません」

「お父さんはいつもそんなに取材で飛び回っていたの?」

「いえ、以前は〝俺は閑職だからのんびりやるんだ〟と言っていましたが……」

「それなのに、この一カ月あまりは取材に飛び回っていたんだ?」

剣は、亜季の何気ないひと言で、大岩が東山記者の言葉として話していた〝県内だけではなく東京や長野にも取材に行っていたようだ〟ということを思い出し、亡くなった北條の死に改めて興味を抱いた。

「警察の方は父が何かの事件に巻き込まれて、殺されたと話していましたが、剣さんは父の取材に関係があるとお考えですか？」

「そうだね、これは一般論だけど、新聞記者という職業柄、逆恨みを受けて命を狙われることは、なきにしもあらずだからね。ただそんなことばかりだと、新聞記者になる人がいなくなるから、あくまでも普通のサラリーマンなどに比べて可能性が高いという程度だよ。だから警察もお父さんの取材に、並々ならぬ関心を抱いているということなんだ」

剣は警察が関心を抱いていると話しながら、自身の関心が増幅してきたのを感じていた。

そこへ女将が食事を運んできた。

「お嬢さん、どれもこれも父ちゃんが近くの山で採った物ばかりで、剣さん好みの山菜が多いけど、お口に合いますかね」

そう言いながら十和田湖名産ヒメマスの刺身、タケノコ（ネマガリダケ）、ワラビ、ゼンマイ、コゴミ、コシアブラの天ぷら、ミズなど剣の好物をテーブルに並べた。

「わー、すごい！」

亜季は感嘆の声を上げた。

「私はこういう山菜を食べてみたかったんです。ホテルだと決まりきったお料理だから嬉しい！」

亜季は女将と剣の顔を交互に見つめて喜んだ。そして一品ごと物珍しそうに尋ねながら、舌鼓を打っていると亜季の携帯電話が鳴った。亜季は食堂を出て、通話ボタンを押した。

「あっ、おばさん。はい、私はまだ十和田湖ですけど。えっ！　本当ですか？　……もしもし北条亜季ですけど。はい、はい、わかりました。では明朝早く発ちます。はい、よろしくお願いします」

電話を切った亜季は、蒼白顔で食堂に戻ってきた。そんな亜季に剣が尋ねた。

「亜季さん、どうしたの？」

亜季は携帯電話を握ったまま答えた。

「お隣のおばさんと警察の方からで、私の家に空き巣が入って家中を荒らしたようです……」

亜季は身体を震わせながら答えた。

「なんだって！」

剣は声を幾分荒立てて亜季を見つめた。

「父が亡くなり、今度は空き巣だなんて、一体何なんでしょう」

亜季はすがるように剣を見た。

「空き巣……。で、警察は何と言っていたのかな？」

平静を取り戻した剣は亜季に尋ねた。

「一刻も早く家に帰ってくるように言われました。どうしたらいいでしょう、私」

亜季は再び剣を見つめた。

「警察の言う通り、早く帰らないといけないね。そうだ、私が同行するよ」

「えっ、剣さんがですか?」

「私の車で送るよ」

「でも、剣さんはまだお仕事でいろんな所を回るんでしょう?」

「その予定だったけど、空き巣に入られたなんて穏やかではないからね。それにお父さんの事件の直後だから、なおさら気になるね」

そこへ二人の会話を聞いていた民宿の主人が割り込んだ。

「お嬢さん、剣さんの言う通りですよ。なに、この人はしょっちゅう東北を回っているんだから、今回撮影ができなくても心配いりませんって。それより剣さんに力になってもらいなさい」

主人の言葉に頷いた亜季は姿勢を正すと、剣に頼んだ。

「それでは、お言葉に甘えさせていただきます。ご迷惑をおかけしますがよろしくお願いします」

「じゃあ明朝、早くに出発しよう。なあに、心配はいらないよ。新潟までひとっ走りだから。そうと決まれば女将自慢の料理を食べて、今夜は早めに休もう」

剣は努めて明るく話した。

「おばちゃん。ただいま帰りました」

亜季が隣の家に声をかけると、六十代後半とおぼしき婦人が玄関から飛び出してきた。

「あっ、亜季ちゃん。ずいぶんと早かったわね」

亜季はお辞儀すると婦人に言った。

「おばちゃん、電話をありがとう。私、空き巣が入ったと聞いて飛んで帰って来たの」

亜季の言葉を聞いていた婦人が剣の存在に気付き、亜季に尋ねた。とっさに剣は、

「亜季さんのお父さん、大輔さんの友人で剣と申します」

と答えた。そして昨夜からの経緯を話した。婦人は、

「それはご苦労様です」

と会釈した。そして、

「亜季ちゃん、ともかく家の中を見てよ。そして盗まれた物があるか確かめて」

と急かした。

婦人の言葉で三人は家に入った。その途端、亜季の足が止まった。

「ひどい、なんてことを……」

散乱した部屋をひと目見た亜季は絶句した。剣も、ありとあらゆる引き出しが引っ張り出されたリビングを見て愕然とした。

「空き巣はね、勝手口の鍵を壊して入ったらしく、出て来たところを偶然私が二階から見つけて、ドロボー、ドロボーと叫んだら、一目散に逃げて行ったけど、何を盗ったんだろうね。お金かね、それとも……」

婦人の矢継ぎ早な言葉を聞きながら、亜季は応接、リビング、大輔の書斎、亜季の部屋と見て回った。そして応接に戻ると言った。

「後片付けをしないとはっきりは言えないけど、仏壇の引き出しの中の貯金通帳も、母の形見の指輪やネックレス、それから定期預金の証書などみんなあります。ただ父が仕事用に持ち歩いていたマックのノートパソコンが見当たらないくらい……」

「お金や貴金属に手を付けないで、大輔さんのパソコンだけが盗られたの？」

婦人は不思議な顔をして尋ねた。

「うん……、今のところわかるのはそれだけかな」

二人の会話を黙って聞いていた剣は、何だかおかしいと思った。ノートパソコンだけなら、こんなに家中を荒らさなくてもいいからだ。そして亜季に言った。

「なくなっていたのはお父さんのパソコンだけなのかな？」

「デスクトップパソコンはそのままですが、ノートパソコンが見当たりません。やはり父の事件と関係があるんでしょうか……」

亜季は不安を隠せないまま剣に尋ねた。

「そうだね。まずお父さんの事件と結びつけて間違いないだろうね。ただノートパソコンがどんな意味を持っているのかは、今のところ不明だけどね。それよりも、これから警察に行って正式に被害届を出そう」

剣は亜季に言い聞かせるように話した。

「そうですよ、亜季ちゃん。昨日刑事さんも亜季ちゃんが帰ったら警察に来て欲しいと言っていたし、後片付けなら私も手伝うから、すぐにこちらさんと一緒に警察に行きなさい」

婦人も勧めた。

「ありがとう、おばちゃん。じゃあこれから警察に行ってくるから、私が帰るまでお願い」

亜季は婦人に告げると、剣に、

「お願いします」

と頼んだ。剣もそれに頷きランドクルーザーに亜季を乗せると、管轄である水原署に向かった。

「北條亜季さんですね、ご苦労さまです」

対応に出た水原警察署刑事課の藤原部長刑事が丁寧に応対した。そして剣を見て、

「失礼ですが、お宅さんは？」

と尋ねた。

剣はいたって平穏な表情で答えた。

「私は亜季さんのお父さん、北條大輔さんの古い友人で剣平四郎です。昨夜空き巣の連絡を受けた時、偶然十和田湖にいたので一緒に参りました」

藤原は「そうですか」と頷きながら、二人に椅子を勧めると切り出した。

「北條さん、このたびは災難でした。我々警察も通報を受け、急行して調べましたが、ご覧いただいた始末でして犯人の目星は残念ながらまだついていません。まずは盗難品などを教えていただきたいのですが」

そう言いながら藤原は若い刑事を呼ぶと、メモの準備をさせた。

「あまりにもいろんな物が散乱していますから、詳細はわかりませんが、今のところ、父のノートパソコンが見当たりません」

「ノートパソコン？　それだけですか？　他に現金や通帳、貴金属はいかがですか？」

「はい、まだ整理をしていませんが、そうした物には手が付けられていないように思います」

亜季の言葉に藤原はメモを取っている刑事の顔を見て、再度亜季に尋ねた。

「もう一度お尋ねしますが、現時点では現金などには手が付けられていなくて、なくなっているのはお父さんのノートパソコンだけ、ということでよろしいですね？」

亜季は黙って頷いた。

「それにしても、あれだけ家中を引っ掻き回してノートパソコンだけとは、妙な空き巣だな」

藤原は呟きながら一同を見渡した。そして亜季に言った。

「北條さん、では被害届など関係書類を作成しますから、署名、捺印をして提出してください。まあ、正直パソコンだけで済んで不幸中の幸いかもしれませんね。警察としては鋭意犯人検挙に努力しますが、流しの仕業か、あるいは……。ともかく何かわかりましたらご連絡します。それにしても現金に手を付けずにパソコンだけとは、やはり妙な空き巣ですね。それからこれは個人的なことですが、お父さんの大輔さんが亡くなったそうですね。私も何度か取材を受けたことがありますが、正義感の強い立派なジャーナリストでした。事件の捜査中で告別式に参列できませんでしたが、ご冥福をお祈りします」

藤原は起立すると、亜季に悔やみの言葉を述べた。亜季も立ち上がり深々とお辞儀した。

警察で手続きを済ませた亜季と剣は、帰宅してリビングに入った。亜季は手際よく散乱した書類や本などを片付けると、剣にコーヒーを淹れた。

「剣さん、十和田湖から送ってもらったうえに、警察にまでご一緒してもらい、ありがとうございました。本当に助かりました」

亜季は丁寧に礼を述べた。

「そんなことは気にしないで。それよりも今回の空き巣と、お父さんの事件には関連性があると思うんだ」

剣は亜季を諭すように言った。

「はい、私もそのことが気になります」

「空き巣の犯人はお父さんのノートパソコンだけを盗った、ってことだけど、それに間違いないんだよね」

「はい、今のところパソコンだけだと思います」

亜季はいくぶん不安そうな顔で剣に答えた。そして剣に尋ねた。

「空き巣の犯人が父のノートパソコンを調べて、目的のものが見つからなかった場合は、また家に入るでしょうか？　もしそうだとしたら怖い……」

亜季の表情はますます不安の色を深めていた。そんな亜季を励ますように剣は笑顔で告げた。

「亜季さん、警察もパトロールを強化するだろうから大丈夫だよ。でも、気をつけるに越したことはないから、何かあったらすぐに警察に通報すること。おそらく犯人の狙いはノートパソコンの中身、つまりデータだと思うんだ」

剣は天井を見つめながらあれこれと思案を巡らせた。そして亜季に尋ねた。

「お父さんの書斎にはデスクトップパソコンがあるって言っていたよね。そのパソコンを見せてもらえないかな。もしかすると何か手がかりが見つかるかもしれないから」

剣の問いに頷いた亜季は、二階の書斎に剣を案内してパソコンのスイッチを入れた。

「あれ、おかしいですね……パソコンが動かない」

と、剣の顔を見た。幸いにして北條大輔のパソコンが剣と同じものだったので、あれこれと探ろうとした。

「亜季さん、このパソコンはハードディスクが抜き取られているよ」

剣は亜季を見た。

「パソコンのハードディスクがなくなっているって……、それってどういうことですか？」

亜季は困惑した顔で剣に尋ねた。

「そうだね、一般的に考えれば空き巣はパソコンの中身を誰かに知られたくなかった。つまり目的がパソコンの中身と考えられる。そして、お父さんの事件と関係あると考えて間違いなさそうだね。それにしても、目的がパソコンのデータだけなら、こんなに家中を荒らさなくてもいいはずだから、他にも何かを探したのではないだろうか？」

剣は散らかった書斎の部屋を見渡しながら呟いたが、傍らの亜季の表情に気がつくと、亜季の不安を払拭するように努めて明るく言った。

「お父さんの事件は群馬の沼田北署の管轄なんだ。私は帰って、警察に今回の空き巣事件を含めて、私の推測を伝えておく。何、日本の警察は優秀だからきっとお父さんの事件を解決してくれるよ」

剣は亜季を励ますように言った。その時「亜季ちゃん！」と声がかかった。一階に下りて行くと隣の婦人だった。

「亜季ちゃん、一人で後片付けするのは大変だろう。おばさんが手伝ってあげるからね」

と玄関で微笑んでいた。剣は潮時と考えて亜季に励ましの言葉をかけ、婦人に、

「亜季さんを頼みます」

と言って北條家を辞去した。そしてランドクルーザーに乗り込むと、国道四六〇号線から新津ICへ、そして磐越道から帰路に就いた。

「あら、ずいぶんと早いお帰りですね」

妻の梓は庭の手入れの手を止めて剣を見た。

「うん、実は……」

剣は梓の先手を取って昨日からのことを話した。

「あら、空き巣なんて、お父さんを亡くしたばかりだというのに、その亜季さんもお気の毒ですね」

「そうだろう。俺もそう思って力を貸したんだ」

　剣はことさらに自分の行動を正統化しながら、梓の同情を買おうと努めた。

「それで、あなたはこれからどうしますの？　黙っていられないのでしょう？」

「そうだな、空き巣が入ったこと、ノートパソコンが盗まれたことなどを横ちゃんに教えてやろうと思うんだよ」

「ほらご覧なさい。そんなことを言って、また事件に首を突っ込むんでしょう。いつも言っているように、そうしたことは横堀さんたちにお任せして、あなたは自分のお仕事をしてくださいよ」

　梓は常套句で釘を刺すと、庭の草取りを再開した。仕方なしに剣はランドクルーザーから機材を降ろしてシャワーを浴びると、沼田北署へは行かず横堀に電話を入れた。

「えっ、北條大輔さん宅に空き巣が入ったんですか？」

　横堀の驚きが電話を通じて伝わってきた。そして剣が、ノートパソコンだけが盗難に遭い、デスクトップパソコンのハードディスクが抜き取られた旨を伝えると、横堀は黙りこくってしまった。

そんな横堀に剣は、

「空き巣事件の詳細は新潟県警水原署に、横ちゃんが直接聞いて欲しいんだけどね、俺の感想としては北條さんの殺人事件と密接な関係があるように思う」

　と、一気に自説を伝えた。

「私も剣さんの意見に同感ですが、問題は犯人の狙い、つまりそのパソコンの中に何が入っていたかですね。それと、家中を荒らしていたということですが、他にも何か探し物があったんでしょうか。それも気になります」

「そうなんだ、北條さんは新聞記者だったから、これまでの取材や掲載記事で逆恨みをされたこともあったかもしれないが、今回の事件でまず考えられるのは、北條さんが直前まで行っていた取材内容だよね。娘の亜季さんの話でも、ここ一カ月あまりはマイカーを使って県内はもちろん、東京など県外にも頻繁に出かけていたらしいから、そのあたりに何か答えがある気がするね。しかし、それが何かわからない」

剣は自問自答でもするかのように、横堀に伝えた。この時、剣の脳裏に北條がマイカーで取材をしていたことが、にわかにクローズアップされた。

「ともかく横ちゃん、また何か新しい情報が入ったら連絡するから」

「新しい情報って、剣さん、事件は我々警察に任せてすぐください」

剣には横堀の最後の言葉は聞こえなかった。そしてすぐに亜季に電話を入れた。

「あっ、剣さん。いろいろとお世話になりまして……」

剣は亜季のあいさつを途中で遮ると尋ねた。

「お父さんは取材にマイカー、たしかハイブリットのＳＡＩを使っていたよね」

「はい、そうですが」

　剣の勢いに戸惑いながらも亜季は答えた。

「その車だけど、今はどうなっているの？」

「車は車庫に入れてありますが……」

「お父さんが亡くなってからは動かしていないのかな？」

「いいえ、私がピアノのレッスンや買い物に使っています」

　剣の質問の意味が理解できないのか、亜季は淡々と答えた。

　さらに剣は尋ねた。

「亜季さんが乗るときに、カーナビは操作していないかな？」

「私は操作方法がよくわかりませんから、まったく触れていませんが。でもそれが何か？」

「それは良かった。詳しいことは後で説明するけど、明日、そっちに行くから車を見せてくれないかな？　それまではカーナビには触れないで」

　剣の唐突な申し出に亜季は呆気にとられたようだが、快諾した。

　亜季との電話を切った剣は胸を撫で下ろすと書斎に入り、パソコンに向かって下北半島で撮影したデジタル写真の整理を始めた。

翌朝、早く目覚めた剣は、梓を起こさないよう静かに身支度を整えると〝撮影に行く〟とのメモをキッチンに残してランドクルーザーに乗り込んだ。そして霧雨の降る国道一七号線を月夜野で別れて国道二九一号線に、さらに水上温泉、湯檜曽温泉と進み、谷川岳一ノ倉沢出合いの駐車場に車を停めた。

秋の紅葉シーズンには地元はもちろん、首都圏や関西圏からのカメラマンで埋め尽くされるのに、雨のためなのか誰もいなく閑散としていた。剣は車に装備されている冷蔵庫からアイスコーヒーを取り出すと、ひと口飲み込んだ。そして医者に止められているタバコに火を点けて、軽く吸い込み窓の外を眺めた。

「よし、撮るか」

剣は手際よくゴアテックスの赤いレインウェアを着込み、ゴム長靴を履いて、キヤノンのデジタルカメラＥＯＳ５ＤマークⅢに70〜２００ミリの望遠ズームレンズを付けると、ハスキーの三脚に取り付けて外に出た。幸いにしてガスが消えて衝立岩はもちろん、一ノ倉沢の全容を見渡せる条件だった。

三脚をセットして見上げると谿《たに》の万年雪の上部に、幾筋もの流れが鮮やかに見て取れた。剣は縦位置、横位置とアングルを様々に変えながら、雨の日だけに見せる一ノ倉沢の幽玄な世界を切り取っていった。

谷川岳（群馬県みなかみ町）

そしてランドクルーザーのキーを兼ねている腕時計を見ると、撮影を切り上げて車に戻り、衛星携帯電話を取り出して亜季に電話で、今から向かう旨を告げた。

車の中で着替えを済ませた剣は、一ノ倉沢出合いを後に、次第に強くなる雨脚を気にしながらも、国道二九一号線を水上温泉まで戻り、水上ＩＣから関越道に乗った。そして、音楽のボリュームを少し上げて、長岡ＪＣＴで北陸道、さらに新潟中央ＪＣＴで磐越道に入り、新津ＩＣで昨日走ったばかりの国道四六〇号線へ進み、ＪＲ羽越本線に沿って北上し、北條家を目指した。

雨が上がり黒光りした瓦屋根の北條家が見えてきた時、電話が鳴った。相手は脇田だった。

「梓さんから撮影に出かけたと聞いたけど、今日はどこですか？」

剣は機転を利かせて答えた。

「今日は長野県の野々海高原《ののみこうげん》から鍋倉山でブナの撮影だよ」

「へー、この雨の中で撮影ですか。遊んでいるようだけど、剣さんの仕事もなかなか大変ですね」

「ちょっと脇さん、遊んでいるように見えるとは聞き捨てならないね」

「いや、これは失言。ところで今夜空いているかな？　空いていたら例のサロンで一杯どう？」

なんてことはない、単なる飲み会の誘いだった。しかし剣はふと思った。北條家の空き巣のことを横堀に伝えたのが昨日だ。そして、刑事部長からのお誘いはタイミングが良すぎる。

「わかりました。では七時頃に伺いますよ。その代わり今夜は脇さんのおごりね」

剣は脇田の返事を待たないで電話を切った。

剣が北條家の庭先に車を乗り入れると、玄関が開き、ブルージーンズにTシャツ姿の亜季が顔を見せた。そして剣に駆け寄ると昨日の礼を述べた。

「亜季さん、お父さんの車のカーナビを見せてくれなんて、妙な申し出で驚いたでしょう」

剣は亜季に尋ねた。

「はい、意味がわかりませんが、父の車に何があるんでしょうか……」

亜季は剣を目の前にして、不安そうな表情で尋ねた。

「車を見てみないと何とも言い難いんだけど、私の勘が当たっていれば、お父さんの事件に関する発見があるかもしれないんだ。ともかく見せてもらえるかな」

亜季はそれに頷くとガレージのシャッターを開けて、ハイブリット車SAIをガレージの外へ出した。剣は早速運転席に乗り込むと、カーナビを操作し、まずは目的地案内の履歴をチェックした。そこには新潟県内はもとより東京都内、それから関東や長野にも数カ所セットした形跡がみられた。

剣はその画面をデジタルカメラで撮影し、次に電話の発着信履歴を出して撮影。また、電話番号の履歴には北條があらかじめ登録していた同僚、友人、それから亜季の携帯電話の番号などもあったが、単に番号だけのものもいくつかあった。そして最後にETCの履歴も撮った。

「亜季さんから聞いていたけど、お父さんは県内だけでなく東京や長野までずいぶんと広範囲の取材をしていたようだね」

「ええ、今思うと亡くなる直前は、まるで何かに取りつかれたかのように連日飛び回っていました」

亜季は父の行動を思い浮かべながら剣に答えた。亜季の案内で北條家に入った剣は、すっかり片付いてきれいになった部屋で、笑顔で微笑む北條の遺影に向かい線香をあげると、応接間に落ち着き、亜季の淹れたコーヒーを飲みながら、先ほどの番号を液晶モニターに再生して眺めた。

「この記録を見ているとお父さんの取材の一端を垣間見る気がするね」

「そう言われるとそうですが、父はこんなにあちこち出かけて何を取材していたのでしょうか……」

「残念だけど今のところはまったくわからないね。でも、この履歴と携帯電話の発着信履歴を調べていけば、お父さんの取材対象がわかるような気がする。私の経験だけど、カーナビのガイド機能は地理に不案内な場所、例えば初めて訪れる場所や初めてではなくても、覚えにくい場所に行きたい時に使うよね。それに、その場所は電話番号や郵便番号、住所や施設名なんかから検索するから、履歴の多くがお父さんにとって初めての場所や、不案内の場所と推測できるというわけ」

「確かにおっしゃる通りですよね。知っている場所をガイドさせるなんて、普通はしませんね」

亜季も剣の意見に頷いた。そんな亜季に笑顔を見せた剣は携帯電話の説明を始めた。

「次に携帯電話の発着信履歴ね。これはすべての車にその機能があるわけではないんだけど、携帯電話とナビを電波で結び、ハンズフリー通話を可能にするシステムがあるんだ。お父さんの車にも搭載されているかなと思ったんだ」

剣はいくぶん戸惑いがちな亜季に、システムの解説をまじえて説明した。そして亜季に言った。

「このリストをパソコンに入力して、二部プリントアウトしてくれないかな。一部を沼田北署に届けて、お父さんの殺害事件の捜査の参考にしてもらうよ」

剣の申し出を快諾した亜季は、早速パソコンに向かうと、ガイド履歴と携帯電話の発着信履歴、ETCの履歴を入力し、プリントアウトした。剣はそのプリントに目を通すと亜季に尋ねた。

「お父さんは自分の携帯電話に登録してある名前、電話番号を一括でナビに登録しただろうから、この発着信履歴の中に氏名が表記されている番号もあるね。知っている人はいるかな？」

亜季は丁寧に眺めて、数名にチェックを付けて答えた。

「父の同僚の方、それから友人、親戚などごく親しい方の名前がほとんどですね」

「やはりそうか。となると名前が登録されている人は除外して、その他の人を当たらないといけないな。この作業は私たち民間人ではできないから、やはり警察に委ねる以外に方法はないね」

剣はプリントから目を離すと亜季に伝えた。そして腰を上げると笑顔で告げた。

「これから帰って沼田北署にこのプリントを届けるよ。日本の警察はこうした作業は得意だから、すぐに電話の相手が判明するだろうね。警察を信じて朗報を待っていてよ」

「はい、剣さんには何から何まで、すっかりご面倒をおかけしてしまい申し訳ございません」

亜季は丁寧に礼を述べた。

「いやあ、よく降りますね」

「今日も遅刻ですよ、剣さん」

通称・高級サロン〈仙石〉で剣と脇田は顔を合わせた。剣はすっかり摺り減った畳に腰を下ろし、古色蒼然とした〝高級サロン〟を見渡していると、

「ところで剣さん、本業以外にもいろいろとご活躍らしいね」

と、脇田県警刑事部長が切り出した。

「いや、本業以外には活躍なんかしてないよ」

「ほう、そうですかね。私のところには尾瀬沼で亡くなった北條大輔氏の娘さんと十和田湖で会い、なんでも北條家の空き巣事件にも顔を出している、との報告が来ているんですがね」

脇田は苦笑いをしながら剣を見た。

「脇さん、そんな刑事の目で見るなよ。今から一部始終を白状するからさ」

剣がおどけて答えた。

「それはなかなか良い心構えですね。では今入って来たご仁に白状してください」

脇田の言葉に剣が振り返ると、横堀が立っていた。

「なんだ横ちゃん」

剣は笑顔で声をかけると、席を勧めた。

「刑事部長から連絡がありましたからお邪魔しました」

「相変わらず脇さんは人が悪いな。横ちゃんなら最初からそう言えばいいものを、まったく」

剣は用意されていた、栗焼酎『ダバダ火振』のお湯割りを作りながら二人を見た。

「ではお話しすると、北條家に空き巣が入ったことは昨日横ちゃんにご報告した通り。実は今日、いささか気になったことがあったので、また北條家に亜季さんを訪ねたんだよ」

「えっ、じゃあ剣さんはブナ林の撮影と言っていたけど、俺に嘘をついて北條家に行っていたんかね。警察官を騙すなんて、逮捕するよ」

脇田は呆れた顔で剣を見た。

「脇さん、それは詫びるからまずは話を聞いてくれないか」

剣は、北條のカーナビから記録したプリントをテーブルの上に出すと、詳しく説明を始めた。

「なるほどね。北條氏のナビと携帯電話、それからＥＴＣの履歴ね。しかしどうしてそういう発想が浮かぶんかね」

脇田は感嘆したが、すぐに真顔をつくって剣に言った。

「剣さん、いつも同じセリフを繰り返すけどさ、こうした捜査は横堀君たちに任せて、あなたはしっかり写真家の仕事をしてくださいよ。そうでないと梓さんに追い出されるから」

「わかった、わかった。でも横ちゃん、このプリントを至急調べてくれないか。きっと捜査に役立つはずだよ」

「わかりました。ご協力ありがとうございます。この資料を早速精査して、捜査に役立てます」

横堀は丁寧に礼を述べた。そして脇田にもあいさつを済ませると、仙石を出て行った。

「さて、では婆さんを呼んでゆっくりやりましょう」

脇田の言葉で剣は女将を呼び、三人で賑やかにダバダタイムを楽しんだ。

第三章——木曽への旅

赤沢自然休養林（長野県上松町）

朝食の後、梓の淹れたコーヒーを飲みながら、剣がぼんやりとテレビを観ているところに亜季から電話がかかってきた。亜季はあいさつもそこそこに切り出した。

「実は昨夜、父に電話がありました」

「えっ、お父さんに電話？」

「はい。長野県の人らしいのですが、長期でブラジルに出かけていて、父の死を知らなかったそうです。父が尾瀬沼で亡くなったと伝えましたら、申し訳ないことをしたと繰り返しおっしゃっていました。それで私が父のどういうお知り合いですかと尋ねましたら、何度か父に取材を受けたとのことでした。父のことを知りたいので取材内容について教えて欲しいと話したら、若いお嬢さんにはつまらない話ですとはじめは断られたんです。それでも私がどうしても知りたいので教えてくださいと頼んだら〝では訪ねて来てください〟と言われました。明日にもその方を訪ねようと思います」

思いがけない展開に剣は興奮した。

「それは嬉しい情報だね。それでその方は、どういう人かな？」

「長野県上松町《あげまつ》の畠山森三《はたけやましんぞう》さんとおっしゃっていました」

「長野の上松というと、木曽だね」

剣は北條の車のカーナビの履歴に、長野県の場所が数カ所あったことを思い出した。

「剣さんは上松町をご存じなんですか？」

亜季の問いに、最近こそ訪ねていないものの、開田《かいだ》高原からの御嶽山《おんたけさん》の勇姿、奈良井《ならい》宿、妻籠《つまご》宿、馬籠《まごめ》宿など旧木曽街道の家並みなどが懐かしく浮かんできた。

「もちろん。木曽はしばらくご無沙汰をしているけど、若い頃は度々訪ねた場所だからおおまかな地形は思い浮かぶよ。たしか上松町は赤沢自然休養林がある町だったね」

剣は若い頃にホテルランクルで撮影をした日々を思い浮かべながら答えた。

「ええ、畠山さんはもしかすると明日はそこにいるかもしれないしおっしゃっていました。ともかく私、明日にも畠山さんをお訪ねしてみます」

亜季は剣に告げた。剣はしばらく逡巡すると亜季に言った。

「では私も行きましょう」

「えっ、剣さんがですか?」

剣の言葉に亜季は驚いた。

「そう、私が一緒に行くよ」

「でも、剣さんにこれ以上ご迷惑をおかけできません……」

亜季は恐縮して答えた。しかし、亜季から畠山森三氏のことを聞いてしまった剣の好奇心は増幅し、梓の言う悪い病気を止めることができなかった。

「亜季さんご心配なく。お父さんの事件に直接関わった者の一人として、少しでもお役に立ちたい気持ちと、不謹慎な言い方をすれば、お父さんの取材に興味が湧いたからです」

剣の再度の申し出を、亜季は感謝の気持ちで受け入れた。

「では、お言葉に甘えさせていただきます。よろしくお願いします」

亜季の電話を切った剣は、例のプリントを取り出すと、ガイド、電話番号、ETC履歴の順で長野県上松町の畠山森三に関するそれらと突き合わせてみた。するとガイドと電話番号0264─52─×××で上松町役場を確認した。そしてETC履歴で、その日時が「長野道塩尻IC 六月十七日 一三時四七分」と確認ができた。


翌朝、「しっかり仕事をしてくださいよ。そうでないと私とジュンちゃん、クロちゃんが路頭に迷ってしまいますから」と、かなりオーバーな梓の言葉に見送られて、剣はランドクルーザーに乗り込んだ。そして亜季との待ち合わせ場所、上越新幹線上毛高原駅に向かった。

亜季を助手席に乗せた剣は、ランドクルーザーを関越道月夜野ICに進めた。そして、南下すると藤岡JCTから上信越道、さらに更埴《こうしょく》JCTで長野道に進み、塩尻ICを降りて国道一九号線（中山道）を木曽へと向かい、JR中央本線贄川《にえかわ》駅近くのドライブインで昼食をとった。

「十和田湖からの帰りにも言いましたけど、剣さんは本当に運転に慣れていますね」

亜季は食後のコーヒーを飲みながら剣に尋ねた。

「うん、四半世紀以上このランドクルーザーに乗り続けて、北海道から四国、九州まで飛び回っているからね。車の運転も仕事の延長みたいなものなんだよ。だから友人の中には、走る写真家などと揶揄する人もいるよ。でもね、最近は若い時のように無理がきかなくなった、やはり歳のせいかな」

剣は笑顔で答えた。

「確かこの辺のはずだけれど」

剣はセットしていたカーナビの画面を見ながら、畠山森三の住まいを探した。

「あそこじゃないですか？」

亜季がフロントガラス越しに指差した。そこには〝畠山林業(株)〟の看板が見えた。頷いた剣はゆっくりと前進させると門を潜り、ガレージの前にランドクルーザーを停め、事務所のドアを開けた。

「ごめんください」

剣の大きな声に奥から返事があり、事務服を着た中年の女性が現れた。剣が来意を伝えるとその事務員は、

「社長から聞いています。社長はついさっきまでいたのですが、いま赤沢自然休養林に行きましたから、そちらまでご足労をお願いしたいとのことです」と告げた。剣はこれまでに何度か赤沢自然休養林を撮影していたから、亜季を乗せると赤沢沿いの道を登って行った。

「剣さんは、赤沢自然休養林に行かれたことがあるんですか？」

　亜季が剣の顔を見ながら尋ねた。

「うん。あそこはね、樹齢三〇〇年を超える木曽檜の美しい森で、なんでも伊勢神宮遷宮の際のご神木の森とかで、江戸時代から大切に守られてきた森だと聞いているよ。それから木曽森林鉄道の一部が保存されていて、トロッコ列車に乗って、森の中の小旅行を楽しむこともできるよ」

「トロッコ列車が走っているんですか。私は一度も見たことがありません」

　亜季は目を輝かせて車窓を流れる木曽の深い緑を眺めていた。

　駐車場入口で料金を支払った剣は、係の男に用件を伝えた。すると管理棟に案内された。そして亜季を伴いログ調の管理棟に入ると、そこには日焼けした大柄な男がいた。そしてふたりをギョロりとした目で見た。

「北條さんのお嬢さんですね」

　男はあいさつもしないで、いきなり亜季に話しかけた。

「はい、北條亜季と申します。突然のお願いを聞いていただきありがとうございます」

　亜季は緊張しながら答えた。男は剣に目を移すと「お宅さんは？」と尋ねた。

「私は剣平四郎と申します。亡くなった北條さんの友人でして、亜季さんのお伴をして伺いました」

「ほう、北條さんの友人ですか」

男は剣の頭のてっぺんからつま先まで舐めるように見ると、ふたりにソファーを勧めた。そこに事務員らしき若い女性が冷たい麦茶を運んできた。

「亜季さんでしたね、このたびはお父さんがとんだことになりまして、お悔やみ申し上げます」

男は丁寧にそう述べると、初めて「畠山森三です」と自己紹介をして、言葉を続けた。

「私は六月二十日から長野県森林ボランティアの代表として、ブラジルのアマゾン川流域へ植樹に行っていて、お父さんのご不幸を帰国するまで知りませんでした。それにしても突然なことで当惑しています」

畠山は北條を思い出しながら亜季に心境を伝えた。亜季も丁寧に礼を述べた。そして、

「お電話でもお願いしましたが、父の取材内容を教えていただきたくて伺いました。実は、父が亡くなった後、家に空き巣が入り、父のパソコンがなくなりました。父は亡くなる前、精力的にあちこちに出かけて取材をしていましたので、その内容がパソコンに入っていたと思うのですが、私には父がどんなことを調べていたのか、皆目見当がつきません。父の死が取材に関係あるような気がしてならないのです。お願いです、教えてください」

亜季に続いて剣が口を開いた。

「実は私は、北條さんと共に尾瀬沼に泊まり、事件を目の当たりにした、いわば関係者の一人です。その後も十和田湖で亜季さんと偶然会い、北條家の空き巣事件にも立会いました。そんなことから

亜季さん同様、北條さんが殺害された原因が北條さんの取材に関係しているのではと思うようになったんです。もちろん警察も動いてくれていますが、出来るなら私もなんとか早期解決に協力したいと考えています。北條さんがどういう取材をされていたのか、私たちに教えていただくわけにはいかないでしょうか」

剣はなんとか取材内容を知りたいと思い、誠心誠意、畠山に伝えた。

そう言ってしばらく腕組みをしていた畠山は、思い切ったようにソファーから身を起こすと、剣と亜季に答えた。

「そうですか、あなたは北條さんが亡くなられた時に居合わせておられたんですか」

「わかりました。ではお嬢さん、亜季さんでしたね。それから剣さん、お二人に北條さんの取材内容をお話しすることにしましょう」

畠山は一旦言葉を切ると、二人に向かって語り始めた。

「北條さんは、昭和十三年二月十八日、厳冬の奥只見、中片貝沢付近で発生した旧帝国陸軍大型輸送機墜落事故に関係する取材でみえたのです」

畠山の口から出た取材の内容は、今から七十年以上も前の昭和十三年に起こった陸軍機墜落の事故の話だった。思いがけない話に剣と亜季は思わず顔を見合わせて驚いた。二人は北條が殺害された原因は北條の取材と関係があると信じてここまでやってきたが、内容はわからないまでも、もっと現実的な事件や事故に巻き込まれたものと思っていた。畠山の話はにわかには信じ難かった。

「確認ですが、北條さんの取材は、戦前の陸軍機の事故についてだったということですか？」

剣が己の耳を疑うように畠山に尋ねると、

「そうですよ、北條さんは、奥只見で墜落した帝国陸軍機の事故について話を聞きたいとおっしゃってみえたのです。大昔の話でとまどっておられるようだが、北條さんが亡くなったことの参考になりそうですか？」

畠山は剣と亜季の顔を交互に見ながら、「それとも聞かずにお帰りになりますか？」と尋ねた。

「いいえ、続けてください。確かに驚きましたが、お話を伺わないことには先に進めません。続きをぜひお願いします」

剣がそう言うと、亜季も、

「お願いします。私も思ってもいなかった内容なので驚きましたが、父のことが知りたいのです。ぜひお話の続きを聞かせてください」

と言った。畠山は「わかりました」と言って話しを続けた。

「当時の陸軍幹部はソ連の参戦に神経を尖らせていて、仮想敵国として様々な訓練をしていました。このことは新田次郎さんの小説『八甲田山死の彷徨』などで知られている、八甲田山雪中行軍と同じ意味合いを持っています。もっともこの奥只見の墜落事故は、八甲田山の雪中訓練事故ほどは知られていませんが、所沢陸軍飛行学校熊谷分校を離陸した大型輸送機が、激しい吹雪の中片貝沢に墜落したのです。しかも遭難機は一カ月もの間発見されなかった。この事故でパイロットの高木大尉以下六名が殉職しています。このことは記録も残っていますから、関心がありましたら魚沼市役所で調べてみてください。そして、実はこの遭難機とは別にもう一機の小型機が、同じ時期に奥只見の片貝ノ池方面に墜落していました」

「それが、北條さんが調べていた陸軍墜落事故というわけですね」

剣は身を乗り出して、畠山に尋ねた。

「そういうことです。墜落事故の詳細は不明ですが、当時の帝国陸軍はプライドが高く、体面を重んじていましたから箝口令を敷いて、この小型機墜落事故については捜索もしないまま、一切を闇に葬ってしまったんです。したがって公の記録には一切残っていません。しかし、数年後、銀山平でマタギをしていた平野熊造《ひらのくまぞう》さんが、猟の途中で偶然に遭難機の残骸を発見したのです。熊造さんは大型輸送機墜落事故については発表があったので知っていましたが、小型機の墜落があったのは知りませんでした。散在している飛行機の残骸や白骨化している遺体にかなり驚いたそうです。陸軍が墜落事故の残骸回収をしないはずがありません。とすると、これは未発表の墜落事故かもしれないと考え、それを見つけた自分の運命を熊造さんは呪ったそうです。しかし、家族の元に帰ることなく亡くなった兵隊の遺体を哀れと思ったのでしょう、懇ろに弔ってやったそうです。そして痛ましい記憶を封印して家族にも話さなかったということです」

「どうしてそんな大きな事故のことを家族にも話さなかったのですか？」

「亜季さん、今とは時代が違いますよ。帝国陸軍の事故と思われることを、しかも発表になっていない事故のことを安易に口にできる時代ではありませんでした。それから二十年ほど経って昭和三十六年に奥只見ダムが完成すると、ダム見学や釣りを楽しむ観光客が徐々に増え始めました。そんな折、釣りに来ていた大学生三人がテントを張って野営をしていたところに、猟をしくじりケガをした熊造さんが助けを求めてきたそうです。三人は熊造さんを交代で背負うと、夜道を銀山平の自宅まで運び、熊造さんはすぐに病院に運ばれ一命を取り留めたそうです。その後、小出町の病院に熊造さんを見舞った三人に、命の恩人だと大変感謝をして、それまで封印していた陸軍機の墜落事故について語ったそうです。この熊造さんの命を救った三人、つまり美談の主人公が現在、長野県選出の衆議院議員・鬼沢総一郎《おにざわそういちろう》、東陽銀行頭取・安達道雄《あだちみちお》、それから新潟新聞社社長・津幡巌《つばたいわお》です。ちなみに津幡巌は私の弟です」

　畠山は長い話を区切ると、タバコに火を点けた。剣はすかさず尋ねた。

「すると、北條さんはその三人の美談を取材するために畠山さんを訪ねてきたのですか？　それにしても、奥只見にそんな物語があったとはまったく知りませんでした。いえ、何か小説の世界のようで、失礼ながらにわかに信じ難い気持ちが正直なところです」

剣は、北條の殺害にとても結び付きそうにない三人の若者の美談の話に、何か釈然としないものを感じながらもそう言った。亜季も自分が生まれるはるか昔のことなので、キツネにつままれたような顔で畠山を見ていた。畠山はタバコを旨そうにふかすと、

「私には北條さんの真意はわかりません。もう一つの陸軍機墜落事故のことを知りたいと言われたので、私が知っている範囲でお話ししただけです。それから先ほど津幡巌は私の弟だと言いましたが、巌は父の後妻の子でして私とは母親が違います。つまり異母兄弟です。私が巌から初めてこの話を聞かされた時は、お二人と同じように奥只見にそんな逸話があったことに驚きました。先ほどの三人を除けばこのことを知っている人はごく少数でしょうね」

一見、美談とも取れる話なのに、なぜか畠山の表情は冴えなかった。剣は、畠山にこれまでの話を整理しながらあらためて経緯について尋ねた。

「一つお伺いしますが、新潟新聞社は北條さんの勤務先で、津幡さんは社長さんですよね。そうしますと北條さんは、社長の指示で今回の取材をされたのでしょうか？　仮にそうした場合ですと、失礼ながらお兄さんの畠山さんにわざわざ取材をしなくても、津幡さん自らが北條さんに語れば済むことではないでしょうか？」

剣は畠山の目を見つめながら、疑問を口にした。亜季も黙って畠山を見つめた。

「おっしゃる通りです。ただ弟がふつうに話ができる状態ならば、ということですが……」

畠山の言葉に剣は首を傾げて亜季を見た。亜季もやはり戸惑いの表情で剣を見た。

「どういうことですか？　失礼ですが、何か事情がおありのご様子ですね」

剣は控えめに尋ねた。

「実は、弟は昨年の春頃からいわゆる認知症でして、今は長岡市郊外の介護老人保健施設に入所している状況です。北條さんの話だと、弟を見舞った際に唐突に今回の話を聞き、再度訪ねたところ要領を得ることができなかったので、私を訪ねて来たということでした」

畠山はか弱そうに答えた。

「そうですか、それはお気の毒様ですね。お見舞い申し上げます」

剣は座ったままで頭を下げた。そして質問を続けた。

「では、北條さんの取材は津幡社長の指示ではなく、北條さんの意思で行っていたということですね。もう少しお伺いしますが、畠山さんがご存じなのは、先ほどお話をいただいた内容だけでしょうか？

例えば平野熊造さんと三人の詳しいやり取りの内容などはご存じないのでしょうか？」

「ええ、残念ですが、弟から聞かされたのは今お話ししたことだけです。北條さんにも今お二人に話した内容以上のことは伝えていません」

「そうですか。では、北條さんはもう一つの小型機墜落事故のことを中心に取材されていた様子だったでしょうか？　それとも、平野熊造さんを助けた三人の若者のことを主に知りたがっていた様子だったでしょうか?」

「さぁて、それはわかりません。私は弟から聞いた話をしただけですからね。今まで世間に知られていなかった帝国陸軍小型機墜落の話の続きに、三人の若者の美談があったということです。ただ、その三人について北條さんからあれこれ聞かれることはありませんでした」

「そうですか、私はつい北條さんの死と結び付けて考えてしまうからでしょうか、その三名に大いに関心が向きます。鬼沢代議士は与党のキングメーカーと呼ばれている人物で、建設族のドン、影の総理とも言われている大物ですよね。またダム建設に絡む大手ゼネコンからの政治資金などで、新聞、テレビ、週刊誌などを賑わしていますから、政治の世界には無頓着の私でもお顔などは知っています。安達頭取については日本銀行協会会長程度の知識はありますが、それ以外はまったくといっていいほど、存じ上げません。畠山さんは何かご存じでしょうか?」

「そうですね、私もあなたと同じようなものです。ただ鬼沢代議士は選挙区こそ違いますがここ長野県選出ですから、以前から選挙の際には応援しています。安達さんについては弟が学生の時に会っただけなので、随分と長いことお会いしていませんから、新聞、テレビなどで報道される程度のことしか存じ上げていません。だから、これと言って論評のしようがないですね。それよりも剣さん、北條さんの事件と私への取材を結びつけてお考えのようですが、弟は地方新聞とはいえ仮にも新潟新聞社の社長ですし、鬼沢さんは現職の代議士、安達さんは都市銀行の頭取、いずれも名誉も社会的地位もある人物です。とても北條さんの殺人事件に関係しているとは思えませんが」

畠山は、弟の美談が殺人事件と関係しているのではと言われたせいか、不満げな眼で剣に言った。しかし、

「そうですね、弟さんの名誉を傷つけるようなことを言ってしまい申し訳ありませんでした。しかし、北條さんの取材内容をお聞きしても、何かまだすっきりしません。むしろ、謎が深まりました」

「ほう、では半世紀以上も昔に、ケガを負った猟師を助けた若者たちの行為に何か秘密が隠されているとお考えですか？」

「いえ、そこまではまだ考えていません。なんとなくすっきりしないという程度です。確かに三人の行為は賞賛に値する尊い行いだと思います。しかし、私が気になるのは、平野熊造さんが長いこと家族にも伝えないまま封印してきた、旧帝国陸軍機の墜落事故の話をなぜ彼らに明かしたかということです。命の恩人たちへの御礼として話したのなら、もう少し秘密めいたこしがあってもいいように思うのです。たとえばですよ、墜落現場に金銀財宝の宝物があって、それをある場所に隠してきたとか……。熊造さんは一体どんなことを三人に語ったのでしょうか。そして三人はその後どうしたのでしょうか。言葉は不適切かもしれませんが、私は非常に興味が湧きました」

剣は率直な気持ちを伝えた。

「なるほど、金銀財宝ですか。面白い話ですな。しかし、何か宝物があったのなら陸軍は焦って残骸を捜索し回収したでしょうから、剣さんの話は失礼ながら私には荒唐無稽に思えます。熊造さん

は、おそらく猟をしくじり、死にそうな目に遭ったことから、誰かに話しておきたくなったのでしょうな。また、戦争が終わり、時代背景的にも、もう話しても大丈夫だと感じていたのだと思いますが、いかがでしょう？」

剣はせっかく話をしてくれた畠山の機嫌を損ねたくはないと考え、そろそろ辞去することにした。

「そうですね、そうかもしれません。畠山さんをお訪ねして、北條さんの取材の片鱗を摑めたような気がします。失礼なことも申しましたが、大いに参考になりました。ありがとうございました」

剣は畠山に礼を述べた。

「いえいえ、私のお話が少しでも北條さんの事件解決にお役に立つと良かったのですが、違ったようで申し訳なく思いますよ。亜季さん、突然お父さんを亡くしてさぞかしお辛いでしょうが、悲しみを乗り越えて立派に生きてくださいそれがお父さんに対して何よりもの供養ですよ」

畠山はまるで孫娘を励ますかのように、亜季を見つめて言葉をかけた。

「ありがとうございます。畠山さんをお訪ねして父が亡くなるまで取材していた内容を知ることができました。父は、俺は生涯現役を貫くと常々話していましたが、私はそんな父を誇りに思います。ですから父に恥ずかしくないように頑張ります」

亜季は必死に涙を堪えながら、畠山に感謝の気持ちを伝えた。

畠山に見送られた剣と亜季は、木曽檜の美林見学もしないままランドクルーザーに乗り込み、赤沢自然休養林を後にした。

「北條さんの取材内容が、まさか旧帝国陸軍機の墜落事故とは驚いたね」

剣は正直な感想を述べた。

「私も驚きました。でもなぜ父はそんな古い事故のことを取材していたのでしょうか？　それも、夢中になっていると思えるほど、あちこち精力的に出かけていたのが気になります」

「今のところは北條さんの取材の狙いがどこにあるのか全く見えてこないけど、一番引っかかる部分だよね。熱心に取材していたことを考えると、やっぱり美談についてじゃないなぁ。けれど、北條さんの死が取材に関係していると考えるのが、いちばん素直な見方だろうね」

剣は緩やかな斜面を下り、眼前に聳える木曽駒ヶ岳など木曽の山々を見つめながら言った。

「ところで木曽での用事も済んだことだし、帰ろうか」

「えっ、もう帰るんですか？」

「うん、この時間ならば今日中に帰れるだろう」

「でもせっかく木曽まで来たんですから、有名な馬籠や妻籠などの宿場を歩いてみませんか？」

亜季は剣の顔を覗き込んだ。そして、話を続けた。

「剣さん、これは根拠のない私の勘なのですが、父は木曽に来て畠山さんを訪ねただけでしょうか。

私も初めて木曽に来て思い出したのですが、たしか父は若い頃、島崎藤村の詩集、小説などの文学作品を好んで読んだと言っていました。ですから、もしかすると父は、木曽の宿場町を散策したのではないかと思えるんです。だからといって事件の参考になるとは思っていませんが、ともかく歩いてみたいんです」

「ほう、北條さんが若い頃文学青年だったとは初耳だね。もっとも、私には北條さんはベテランの新聞記者だった程度の認識しかないけどね」

剣は改めて北條に関する知識が乏しいことを実感した。

「では今夜は馬籠宿に泊まることにして、馬籠だけではなく妻籠、それから奈良井宿を歩いてみよう」

二人を乗せたランドクルーザーは元橋の交差点を右折して国道一九号線に出ると、浦島太郎伝説の地「寝覚の床《ねざめのとこ》」を右に見て、木曽川とJR中央本線と並行して南下した。さらに南木曽《なぎそ》町で妻籠宿への道を左に分け県境を越えて岐阜県中津川市に入り、中山道馬籠宿駐車場に車を停めた。そして観光案内場で民宿を紹介してもらうと、江戸時代の面影を残す緩やかな旧中山道石畳の坂を登り、藤村記念館にほど近い民宿〈馬籠宿〉に入った。

「早速だけど、宿場内を散策してみよう」

剣は亜季を誘うと宿を出て歩きだした。そしてまず「藤村記念館」の黒い冠木門をくぐった。正面の白壁に藤村の言葉を記した朱塗りの扁額がかかっていた。それには、

――血につながるふるさと　心につながるふるさと　言葉につながるふるさと――

と朱文字で書かれていた。

「藤村って旧家の出身なんですね。昔の文人墨客って裕福な家庭の人が多かったんでしょうか？」

「夏目漱石はたしか名主の子だったたし、太宰治は大地主の子だけれど、正岡子規は下級武士の出身だから必ずしもそうとは言えないんじゃないかな。もっとも私は、藤村だって高校一年生の時に〝千曲川旅情の歌〟を読んだくらいの門外漢だけどね」

「あら、それって小諸なる古城のほとり……ですよね。私も高校生の時の国語で習いましたよ」

ふたりはたわいもない会話をしながら館内を見学した。

その時、剣の携帯電話が鳴った。相手は沼田北署の横堀刑事課長だった。

「剣さんは今どちらで撮影ですか？」

剣はとっさに「木曽だよ」と答えた。

「木曽の山ですか？　それならば涼しいでしょうね。こちらはまるで真夏のようですよ」

横堀の電話から、蒸し暑さが伝わってきた。

「ところで横ちゃん、わざわざ暑いことを知らせたくて電話をくれたんじゃないよね」

「もちろんですよ。実は今朝、新潟県長岡市の野積海岸《のづみかいがん》に停まっていた車の中で、心中と思われる男女が発見されたんですが、その男女が、どうも尾瀬沼ロッジに宿泊していた例の二人のようなん

珈琲
抹茶
そば処
坂の家

中山道・馬籠宿（岐阜県中津川市）

ですよ。それで現在、岩長が現場に向かっています」

「えっ！　北條さん事件の重要参考人として探していた、あの二人なの⁉」

剣は大声で聞き直した。

「そんな大きな声を出さないでくださいよ。鼓膜が破れます」

「ごめん。あまりにも唐突だったから、ビックリしたんだ。その死体は例の二人に間違いないの？」

「まだ岩長から連絡はありませんが……、ただ所轄の長岡西署からの写真とモンタージュを比べると非常によく似ています。それから尾瀬沼ロッジの支配人にも檜枝岐村役場を通じて、長岡西署に向かってもらっていますから、遅くとも今夜中には、はっきりすると思います」

「それにしても横ちゃんや岩長が血眼になって捜していた二人が、よりによって心中死体とはね」

「ええ、でも新しい突破口が見つかるかもしれませんから、私としても岩長の報告に期待しています。以上ですが、剣さんはくれぐれも首を突っ込まないでくださいね。お願いしますよ」

横堀は剣の返事を待たずに電話を切ってしまった。

「剣さん、何かあったんですか？」

亜季が心配そうに剣を見た。

「沼田北署からの電話で、お父さんの事件の重要参考人と思われる男女が、長岡の野積海岸で死体となって見つかったらしいんだ」

「えっ！」

あまりの出来事に亜季は言葉を失った。

「まだ確定はしていないようだけど、警察はそう踏んでいるみたいだね」

「では、父を殺した犯人が死体で見つかったということですか？　それじゃぁ、父の事件はどうなるんでしょうか……、詳しいことがわからないまま捜査が終わってしまうんですか？」

亜季は不満そうな顔で尋ねた。

「今の時点では何とも言えないけど、少なくとも事件に関して新しい動きが出てきたことには間違いないね。ともかく我々も新潟に回ろう」

「えっ、これからですか？」

「いや、すでに宿に入ってしまったし、これから出ても着くのは夜遅くになるから、亜季さんの木曽路散策は取りやめて明朝早くに木曽を発ち、一緒に長岡に向かおう」

そんな剣の慌てぶりに亜季は、

「剣さんって沈着冷静な方かと思っていましたが、意外とせっかちなんですね」

と笑った。

その夜、宿の囲炉裏を囲んで山菜、イワナ、ソバ、クルミのタレを使った五平餅など、木曽の料理と、木曽の銘酒『七笑《ななわらい》』を楽しみながら剣は亜季に言った。

「それにしても、北條さんの取材が七十年以上も昔の旧陸軍機墜落事故とは、驚いたね。それから、熊造さんを助けた三人の大学生に明かしたことって何だろう。命の恩人たちにまさか昔話だけを語って聞かせたとは思えないんだよな。一度奥只見に行って調べる必要がありそうだね」

「父も奥只見で取材をしたのでしょうか？」

亜季は剣の盃に木曽の銘酒『七笑』を注ぎながら尋ねた。

「多分、行ったと思うよ。それ以外にも北條さんはベテランの記者だから、鬼沢代議士や安達頭取周辺を直接調べたかもしれない。だから車のカーナビに東京都内の履歴がいくつか残っていたんじゃないだろうか。しかし、私にはそうした人たちに会えるような術もないから、まずは奥只見で小型機墜落事故のことを調べてみようと思う。それからもう一つ、野積海岸で発見された心中死体のことも気になるね……ともかく明日は長岡市に直行しよう」

部屋に戻って床に就いた剣は、撮影で訪れたことのある野積海岸の光景を思い浮かべていた。

――野積海岸は白砂青松とまではいえないが、美しい砂浜の海岸だ。対岸の佐渡島《さどがしま》が手に取るように見える景勝地で、海水浴場としても人気が高く、近くには良寛さまゆかりの国上寺《こくじょうじ》、五合庵《ごごうあん》などもあるおだやかな場所。そこに一台の車が停まり、その車中で男女が横たわっていた――

第四章——野積海岸

野積海岸から佐渡島を望む（新潟県長岡市）

翌朝、妻の梓に木曽のツゲ櫛を、自分用にネズコの下駄を買い求めた剣は、亜季をランドクルーザの助手席に乗せると、小雨に煙る馬籠宿を後にした。そして国道一九号線を南下して中津川ICで中央道に乗り入れた。岡谷JCTで長野道に進み北上、更埴JCTで上信越道、上越JCTで北陸道と乗り継ぎ、巻潟東《まきかたひがし》ICで国道四六〇号線、さらに県道二号線を経て大河津分水路信濃川の河口を北に進み、野積海岸に着いた。しかし、周辺は警察により立ち入り禁止のロープが張り巡らされていて、現場には近づくことができなかった。やむなく、剣と亜季がランドクルーザーに戻ろうとした時に声がかかった。

「剣さんじゃないですか！」

その声に振り返ると、坊主頭の汗をハンカチで拭きながら近づいて来る大岩部長刑事の姿があった。その後ろには若い小林刑事がいた。

「なんだ、岩長さんじゃないですか」

「なんだはないでしょう。それは私のセリフですよ。なんでこんな場所に剣さんがいるんですか？あれっ、それから……、亡くなった北條さんのお嬢さんまで」

大岩は刑事独特の目で亜季を見た。

「いや、何、いつもの野次馬根性ですよ」

剣は大岩の質問から逃れようとした。

「剣さん、そんな下手な言い訳が本官に通用するとお思いですか？　さては課長に聞きましたね」

「ご明察です。しかし横堀君からはくれぐれも首を突っ込むな、と釘を刺されていますがね」

剣は正直に白状した。そして大岩と一緒にいる若い刑事を自動販売機まで誘うと、冷たい缶コーヒーを求めて差し出した。

「剣さんは本官を買収するつもりですね」

大岩は苦笑いをしながら言った。

「そうだね、あたらずといえども遠からずかな」

剣は缶コーヒーをひと口飲むと言った。

「では本官も買収に応じましょう」

大岩の言葉に声を出して笑った。

「ではお話ししますが、昨日発見された男女はモンタージュ、それから尾瀬沼ロッジ支配人、同従業員の証言から、我々が重要参考人として捜していた人物であると確認しました。まず男ですが、東京都大田区在住の黒田裕次郎《くろだゆうじろう》、三十六歳、自称フリーライター。それから女は新潟市内のスナック〈朱鷺色〉のママで、星崎茜《ほしざきあかね》、三十五歳と判明しました。司法解剖の結果、死因は北條さんと同じく青酸性毒物の服用です」

「なるほどね。また青酸性毒物か。それで二人はどんな状態で亡くなっていたのかな？」

「所轄の長岡西署の説明ですと、黒田の車、トヨタの高級車レクサスの中で、リクライニングシートを倒した状態で手を握り合って死んでいたそうです。この蒸し暑さの中でエンジンのかかっていない車ですから、ロックをこじあけた時にはすでに軽く腐敗臭がしたと言っていました。発見が遅れた時のことを想像すると、本官はヘドが出そうです」

そう言うと、大岩は手で口元を押さえ、今にも吐きそうなしぐさをした。

「それで二人の関係は恋人同士なのかな？」

「いえ、それはただ手を握り合って死んでいたというだけで、今のところ個人の特定しかできていません。それと、助手席の足元に栄養ドリンク剤の瓶が二本あり、瓶の中に残っていた液体を調べたところ青酸性毒物が確認されました。遺書はありません。発見したのは早朝にドライブに来た若いカップルで、いい車が停まっているからと覗き込んだところ二人を発見し、一一〇番通報したとのことです。それにしても、俺なんか一生お軽ちゃん（軽四輪）しか縁がないのに、レクサスを乗り回すなんてフリーライターってずいぶんと稼ぎのいい商売なんですね」

剣は大岩の説明を受けながら、砂浜に止めたレクサスの中に横たわる男女の姿を想像してみた。

（どちらが青酸性毒物を準備して、どちらが先に飲んだのか？　なぜ車の中なのか？　リクライニングシートが倒れていたということは、二人は合意の上で飲み自分の意志でシートを倒したのか？　なぜ野積海岸を選んだのか？　心中なのか無理心中なのか？　それとも……）

いくつもの謎が剣の頭の中で急回転を始めた。でも、何よりどうしてこの時期に、北條殺害の容疑者が、北條と同じ青酸性毒物で死ななければならなかったのかがわからなかった。

「岩長さん、警察の見解は出たんですか？」

「今のところ心中か無理心中かはともかくとして、状況から自殺の線に傾いています。ただ、遺書もないし、これはあくまで本官の私見ですが、今どきの人間が、しかも二人とも独身なのに心中や無理心中をしますかね。どことなく時代錯誤に思えてならないんですよ。それに、尾瀬沼での一件がありますからね」

大岩は足下に転がっていた空き缶を蹴った。

「そうだね、岩長の言う通りかもしれないね。ただ心中でないとすると、心中を装った殺人事件の可能性が出てくるけど、どうかな？」

剣は大岩の反応を見た。

「そこなんですよ、しかし、遺書はないものの青酸性毒物の入っていた瓶が残っており、着衣の乱れもなく、仏さんたちが手を握り合っていたので、長岡西署では心中事件に重きを置いて捜査を開始したようです」

「死人に口無しというわけか……。だけど、尾瀬沼での北條さん事件の重要参考人が、二人揃って、それも同じ青酸性の毒物で亡くなっているんだ。事件性を考慮しても良さそうだがね」

「私も長岡西署の刑事課長にその点を力説したんですが、二人は北條さん殺害の件で警察の捜査から逃れられないと覚悟を決めて心中した。これで尾瀬沼の事件も被疑者死亡で一件落着でしょう、と言うんですよ。しかし、今回の事件では、私は管轄外の人間ですから地団駄を踏んで傍観する以外になくて……。余談ですが、どうやらその課長は定年を間近に控えていて、一刻も早く幕引きを願っているようなんです」

　大岩はいかにも悔しそうに転がっていた空き缶をまた蹴りながら、剣に訴えた。

「それにしても警察組織の縄張り根性は、困ったもんだよな、なんとかならないものですかね」

　剣は苦笑いを浮かべて頷いた。大岩は続けて、剣に尋ねた。

「ところでどうして剣さんが北條さんのお嬢さんと一緒なんですか？」

　剣は一瞬戸惑ったが、機転を利かせて答えた。

「お線香をあげに伺ったら、気分転換に日本海が見たいと言われたんで案内したんですよ」

　剣の苦しい言い訳に、亜季が「そうなんです。私がお願いして連れて来ていただいたんです。それより、父の事件のこと、よろしくお願いします」と助け船を出した。

　剣と亜季は大岩にあいさつを済ませると、ランドクルーザーに乗り込み、野積海岸を後にした。

「剣さん、刑事さんが話していましたが、亡くなった二人は心中なんでしょうか？」

「さあ、それは捜査の結果を待たないと何とも言えないね。北條さんの事件に関与したかもしれない二人が亡くなったのは事実だけど、もしその二人が北條さん殺害の犯人だとすると、なぜ二人が北條さんを殺さなければならなかったのか、つまり動機がわからなくなったね」

「そうすると、二人が亡くなったことで父の事件の捜査が打ち切られることもあるのでしょうか？」

「いや、沼田北署の岩長さんが新潟に来た以上、そんな幕引きはまず考えられないと思うよ。彼は群馬県警でも指折りの、叩き上げの職人気質《かたぎ》の刑事だから、きっと亜季さんの期待に応える捜査をして、事件の真相を解明してくれるよ」

　剣は大岩、そして若い横堀刑事課長の二人を思い浮かべながら、きっぱりと断言した。

「これから長岡市に行ってみよう」

「長岡市ですか？」

「木曽で畠山さんから聞いた弟さん、新潟新聞社の社長だという津幡巌さんを訪ねるんだ」

「でも津幡さんは認知症とのことでしたが……」

「私も認知症の方を何人か知っているけど、すべてを思い出せないとは限らないよ。体調などが良い時には、断片的に記憶が戻る可能性もあるわけ。ともかく一度会ってみたいと思っているんだ」

　剣は自らにも言い聞かせると、北條が残した履歴の中から〈悠久苑〉を選び、カーナビにセットして一路長岡市へと向かった。

介護老人保健施設〈悠久苑〉は、長岡市民に「お山」と親しまれている悠久山公園《ゆうきゅうざん》にほど近く、四季の風光に恵まれた場所に建っていた。悠久山公園は長岡藩三代藩主・牧野忠辰《ただきよ》が佐渡の杉苗を植えたのが始まりとされていて、動物園、プール、野球場などがある。

「ここだね」

剣はフロントガラス越しに施設を眺めた。

平屋造りの大型木造建築は周辺の環境に溶け込み、風格さえ感じさせる建物だった。剣は駐車場に車を停めると、亜季と一緒に受付で津幡への面会を申し込んだ。続柄の欄には友人と記入した。

「ごめんください」

剣と亜季は津幡の部屋に入った。そこには車椅子に乗った初老の紳士と、その夫人とおぼしき小太りの女性がいた。

「突然失礼します。私は新潟新聞社で記者をしていた北條大輔さんの友人で剣平四郎と申します。こちらは北條さんのお嬢さんで亜季さんです」

北條大輔と亜季の名前に聞き覚えがあるのか、夫人が声を出した。

「そうしますと、尾瀬沼でご不幸に遭われたあの北條さんのお嬢さんですか?」

夫人は驚愕の表情で亜季を見つめた。

「はい、初めまして北條亜季と申します。生前は父がいろいろとお世話になりました」

亜季は夫人に向かい深々と頭を下げた。

「あなたが北條さんのお嬢さんですか……。それは何とお悔やみの言葉を言ったらいいものか、主人は北條さんを随分と頼りにしておりました。また北條さんも主人がこんな状態になってからもちょくちょくお見舞いに来てくださって、主人の話し相手をしてくださったり、私を励ましてくださったり。それなのに、あんなことになってしまい……。ともかくお悔やみ申し上げます」

夫人は亜季をしっかりと見つめると、丁寧に亜季に告げた。そして尋ねた。

「ところで、今日は北條さんのお嬢さんが主人にどんなご用でしょうか？」

この問いには剣が答えた。

「突然お伺いをしまして、失礼をお許しいただきたいのですが、津幡さんのお兄さん、木曽にお住まいの畠山さんから亜季さんにお電話をいただきまして、昨日二人で畠山さんを訪ねてきました。そこで北條さんの取材内容についてお聞きしたところ、津幡さんや学生時代の友人だという二人のお話をしたと伺いました。我々は、北條さんが亡くなる前にどんな取材をしていたのか知りたいのです。もう少し詳しいお話が聞けるのではないかとお邪魔しました」

剣は単刀直入に来意を伝えた。

「そうですか、木曽の義兄のところへ……。でも主人はご覧の通りですし、私はもちろん、学生時代のことなど知りませんから、ご期待に添うことはできません。申し訳ございません」

　夫人はにべもなく答えた。その時だった。車椅子の津幡が声を発した。

「おい、北條君はまだ来ないのか」

　この言葉に剣と亜季はもちろん、夫人までが驚き、津幡を見た。

「あなた、どうかしたの？」

　夫人は狼狽したまま津幡に駆け寄った。

「ワシは北條君を呼んだんだ。お前に用事はない。早く北條君を呼びなさい」

　津幡は繰り返し北條の名前を口にした。驚いた剣は夫人を無視して車椅子の津幡に近づき、言葉を掛けた。

「北條さんにご用がありますか？」

　この剣の言葉に津幡は敏感に反応した。

「そうだ、用事があるからすぐに呼んでくれたまえ。大体いつまで、ワシを待たせるつもりなんだ」

「北條さんにどんなご用ですか？」

　剣が尋ねた。

「そんなことは決まっているだろう。陸軍機のお宝だ。早く北條君を呼んでくれ」

　津幡は繰り返し北條大輔を呼び続けたが、突然止めると無口になった。そして剣の問いにもまったく反応を示さなくなってしまった。

「剣さんでしたね、主人は興奮しているようです。申し訳ございませんが、今日はお引き取りください。気分の良さそうな時を見計らって、私が北條さんのことを尋ねてみます。そして何かわかりましたらご連絡をしますので、今日のところは……」

夫人は剣と亜季に頭を下げた。

「わかりました。こちらこそ突然お邪魔して失礼しました」

剣は亜季とともに津幡の部屋を後にして駐車場に戻った。そしてランドクルーザーに乗ると、胸ポケットからショートホープを取り出して、火を点けた。

「突然父の名前が出たのでびっくりしました。それから、お宝って言ってましたよね？」

助手席の亜季は大きな目を丸くしながら剣に言った。

「私も驚いたよ。私の想像の産物が本当の話になるなんて。お宝って、一体なんだろうか……」

剣はパワーウィンドウを開けると、タバコの煙を車外に出しながら呟いた。

「そうですよね、お宝なんて、何かミステリアスですね」

「何と言っても、平野熊造さんが家族にも伝えなかったことだからね。しかし、熊造さんは命を助けてくれた三人の学生には、それを伝えた。もしかすると、その陸軍機墜落にまつわるお宝話があるのかもしれないね。よく難破船に財宝が眠っているというような話があるけど、さっき津幡さんが口にしたお宝という言葉がそうだったとして、しかしそれを知っている三人のうち、津幡さんは認知症で記憶を紐解くことが難しい状態。となると、残りは鬼沢代議士と安達頭取の二人だけしか知らないことになるな」

　剣の頭の中に、まだ会ったことのない鬼沢と安達の名前が渦を巻き始めていた。

「亜季さん、これから新潟新聞社に寄って水原さんか、東山さんを訪ねてみよう」

　剣の唐突な提案に亜季は一瞬戸惑ったが、すぐに了承した。

　新潟新聞社は国道八号線新潟バイパス桜木ＩＣを降りた鳥屋野潟公園《とやのがたこうえん》に近い場所にあり、朝刊発行部数約五十万部を誇る地方紙としては大手の新聞社だ。二人が受付で水原と東山に面会を求めると、すぐに東山が現れた。

「亜季さん、いらっしゃい」

　東山は笑顔で亜季に近づいてきた。そして傍らの剣に目を移し、一礼をするとラウンジに二人を招いた。そしてコーヒーを三つ注文した。

「父の葬儀では大変お世話になりました」

　亜季は立ち上がると姿勢を正して礼を述べた。

「とんでもありません。北條さんが突然このようなことになり、みんなで亜季さんのことを心配していたんです。でも、お元気そうで安心しました」

東山は亜季を眩しそうに見ながら言った。そして剣に尋ねた。

「確か……、沼田北署でお会いした方ですよね」

「はい、その節はご苦労様でした。私は北條さんと一緒に尾瀬沼に行った写真家の剣平四郎と言います。ゆえあって今日亜季さんと一緒にお訪ねしました」

「そうでしたよね、その折はこちらこそ大変お世話になりました」

東山は剣に礼を述べた。そして用向きを尋ねた。

「実は先ほどこちらの津幡社長に会いに長岡市の〈悠久苑〉へ行ってきました。奥様もご一緒でしたが、体調はいかがでしょうか？」

「津幡は、実は認知症での入所が長引いたものですから、六月末を以て社長を退任して、現在は相談役です。新しい社長には専務だった高橋が就任しました」

「そうですか、では津幡さんも療養に専念できて良かったですね。ところで二、三お聞きしたいのですが、津幡社長と北條さんの間柄はいかがでしたか？」

剣は亜季の顔をちらっと見たが、構わず質問した。

「北條さんは本来ならば社の重要ポストに就いているべき人ですが、生涯一記者を貫くという筋金入りのジャーナリストで、われわれ若い記者の羨望の的でした。たぶん津幡に一番信頼されていた記者だったと思います」

「北條さんは編集委員という、いわば比較的自由な立場で取材活動をしていたようですが、何か特別な取材をしていたのでしょうか?」

「さあ、その辺はわかりかねますが、津幡が〈悠久苑〉に入所した直後くらいから、県内はもちろんですが、長野や東京などにもよく出かけていましたね。以前北條さんにご馳走になった際に聞いてみたら、アルコールの勢いもあったと思うのですが、俺は社長を見舞った際に面白いネタを仕入れたので、その取材をしているんだ、と話していたことがありました。もちろん取材の内容については極秘だよ、と何も教えてもらえませんでしたが」

東山の話と、〝北條君はまだ来ないのか〟と叫んでいた津幡の声、この二つから北條の取材が、津幡を見舞ったのがきっかけで始まったことが窺い知れた。では、北條の極秘取材は津幡の命を受けて行われたのだろうか? いや、施設に入所するくらいだから、それはやはり考えられない。おそらく、北條が見舞った時も津幡はさっきのようにお宝という言葉を無意識に発したのではないだろうか。それに北條の記者独特の勘が働き、取材をするうちに、それが陸軍機の墜落事故に大きく関係しており、お宝のことを知っているのが三人の若者だということを知ったのだろう、というところまで剣は想像した。しかし、その先はやはり闇の中なのだ。剣の頭の中に再び鬼沢と安達の名前が浮かんだ。剣は東山に北條のことで何か思い出したら、どんな些細なことでも知らせて欲しいと頼むと、亜季と新潟新聞社を後にした。

「休む間もなく飛び回ったから疲れただろ。今日のところはこのくらいにして、もう帰ろう」

　剣はランドクルーザーを阿賀野市水原町の北條家に向けた。

「剣さんこそ、ずっと運転でお疲れでしょう。何のおかまいもできませんが家で休んでください」

「ありがとう。お言葉に甘えたいところだけど、今日中に行きたいところがあるから、亜季さんを送り届けたら早々に失礼させてもらうよ」

　亜季は剣の言葉に少し残念そうだったが、白宅の前で笑顔で手を振って剣を見送った。剣はいつものコースを走り、新津ＩＣで磐越道に乗った。

「もしもし、根上さんですか？」

　剣はカーナビのハンズフリー機能を使って、奥只見尾瀬観光活性化委員会事務局長の根上孝明に電話を入れた。

「突然で失礼なんですが、今日これからお邪魔してもよろしいですか？」

　剣の申し入れを根上は快諾した。剣は北陸道、関越道と乗り継ぎ、小出ＩＣで降りると国道三五二号線、奥只見シルバーラインを抜けて奥只見ダム近くの根上の宿舎に着いた。

「急にすみません」

　剣が玄関を開けるとエプロン姿の根上が現れた。

「さあ、どうぞ、いま、男やもめ料理を作っていますから、お上がりください」

単身赴任している根上は、ギョウジャニンニクの味噌漬け、鹿刺し、山クジラ、イワナの塩焼き、自家製イカの塩辛など、いかにも飲んべえが喜ぶ料理をテーブルに並べていた。

「剣さん、北條さんの事件では大変お世話になりました」

「とんでもありません。根上さんこそ事務局長としてご苦労様でした」

二人はビールで乾杯をした。

「剣さん、今夜はこれがあるんですよ」

根上は琉球泡盛『久米仙』を取り出すと、嬉しそうに剣の前に置いた。

「これは凄い、いつ入手したんですか?」

「先週出張で沖縄に行った際に、仕入れてきましたが、一人で飲むのはもったいない気がして、今日まで相手を待っていました。まさか剣さんが来てくれるなんて……、最高です」

「それではお言葉に甘えましてて遠慮なくご相伴にあずかります」

剣は満面の笑みで琉球泡盛をロックで流し込んだ。

「ところで剣さんが突然訪ねてくれたのは、泡盛の匂いを嗅ぎ付けたからではないですよね」

根上は真顔で尋ねた。

「実は根上さんにお聞きしたいことがあって、伺いました」

「私にですか?」

「はい、根上さんは単身赴任ということで、地元の方ではないようですが、仕事柄ここ奥只見に詳しいと思ったので伺います。戦前、正確には昭和十三年二月十八日に、当時の帝国陸軍機がここ奥只見で墜落事故を起こしたことをご存じですか？」

「知っています。こちらに赴任した際に聞かされ、湯之谷村誌など文献も読みました。それが何か？」

「確かにその事故は記録に残っているんですが、私がお尋ねしたいのは、ほぼ同時期にやはり陸軍の小型機がここ奥只見に墜落していたことです」

「えっ、なんですって、もう一機墜落していたと言うんですか？」

　根上はあまりのことに剣に聞き返した。

「はい。このことは軍の機密を保持するため、陸軍により事故そのものが隠蔽されてしまいましたから、公の記録はもとより、何一つ語り継がれてもいません。抹消されたと言ってもいいでしょう」

「はぁ、私は初耳ですよ。それにしてもそんな話をなぜ剣さんが知っているんですか？」

「実は私も昨日ある人から聞かされたばかりですが」

　剣はグラスの琉球泡盛をひと口飲み込むと、話を続けた——

　剣の長い話が終わっても根上はポカンとし、グラスの中の氷がすっかり溶けてしまったのさえも気づかないでいた。

「いやあ、本当ですか、剣さん」

根上はやっと我に返ると剣に問うた。

「私も最初は半信半疑だったんですが、北條さんが架空の話を調べていたとは思えません。それでお願いですが、明日、根上さんの会社のボートでその片貝ノ池まで案内していただけませんか？」

「そうですね、急なことで会社のボートは難しいでしょうから、剣さんも知っている星さんにお願いしましょう。それにしてもいかに剣さんのお話とはいえ、にわかに信じ難い話ですね。それから、剣さんが北條さんの事件を調べていたとは、驚きました」

根上は目を丸くして剣を見た。

「いや、不謹慎ですが、単に探偵ごっこが好きなだけですよ。畠山さんのお話は北條さんが熱心に取材していたことからも、信憑性の高いものだと考えています。ただ今も話したように、新潟新聞社の津幡さんからは確認が取れません。また鬼沢代議士や安達頭取とは面識がありませんから、北條さんの取材の全容を知るのはなかなか難しく、北條さんの事件にどう結び付くかは不明です」

「では警察に話して裏付け捜査を依頼したらどうでしょうか？」

「それももちろん考えてはみましたが、単に北條さんが取材をしていただけ、しかも、これまでに一切公にされていない大昔の旧陸軍機墜落に関することなど、一笑に付されてしまいます。それに、墜落機の残骸を発見した猟師を助けた若者たちというのが、大物政治家と大手銀行の頭取ですから、なおさら警察が積極的に動いてくれるとは思えません……」

「そうですか、警察は動いてくれませんか。ところで、テレビを観ていたら、北條さん事件の重要参考人として警察が捜していた男女が、野積海岸で心中していたとのニュースでしたが、剣さんはご存じですか？」

「はい、私もテレビで知りました」

剣はあえて事件現場に亜季と出かけ、そこで沼田北署の大岩と会ったことは言わなかった。

「そうなりますと、その男女の心中で北條さんの事件も幕引きになるのではないでしょうか。つまり、剣さんには失礼ですが、陸軍機の墜落事故が事実だとしても、北條さんの事件とは無関係では？」

たしかに根上の言う通りである。しかしそれでは北條が長野や東京で取材をしていた件とは無関係になってしまう。また、二人が北條を殺害して目的を達したならば、何も二人が死ぬ必要はない。心中するくらいなら始めから北條さんを殺害する計画など企てなければ良かったのだ。それから北條家に入った空き巣事件、これもまだ解決していない。こうした一連のことを考えると、野積海岸の二人が事件の本質に深く関わっていたとは言い切れない。なんとなく使い走りの印象がある。それだけに事件の裏にもっと複雑で得体の知れない謎が潜んでいるように思えてならないのだ。その謎を解く鍵はやはり平野熊造が三人の若者に話した内容ではないか、剣はそう確信していた。

「ボチボチ梅雨明けですかね」

翌朝、雲一つない青空を見上げて根上が言った。

「今年は各地でいわゆるゲリラ豪雨があったから、梅雨らしい梅雨はあまり感じませんでしたね」

剣も根上にならって、奥只見の山々、そして澄んだ青空を見渡した。そして二人は雨具、弁当、スポーツドリンクを入れたザックを背負うと、奥只見ダムの乗船場に向かった。そこには銀山平で民宿〈樹湖里〉を経営している星新一郎《ほししんいちろう》が、小型のモーターボートで待っていた。剣は星と再会のあいさつを交わし、ボートに腰を下ろした。星の操縦するボートは軽やかなエンジン音を立てると、一気にスピードを上げた。今日も越後駒ヶ岳、中ノ岳、そして荒沢岳が高く聳えていた。

「あの日よりだいぶ山の緑が濃くなりましたが、今日も最高の眺めですね」

剣は六月二十三日、しおり丸に乗り、尾瀬を目指した日を思い出して言った。

「新緑と残雪のコントラストが見事でしたね、でも今朝のむせるような緑一色の風景も絶景でしょ」

奥只見の観光を担う責任者の一人として、根上はPRを忘れなかった。それに剣も相づちを打った。そんな三人を乗せたモーターボートは、尾瀬に向かうしおり丸のコースから左に分かれて、さらに深く奥へ進んで行った。そしてさらに、左右の岩肌が迫り来る狭い湖面を、まるでミズスマシのように滑って行った。

「剣さん、陸軍の大型輸送機が墜落した場所へは、この先の片貝沢を登り詰めるんですが、そうではなくて片貝ノ池方面でいいんですね」

ボートを操りながら星は剣に確認した。そして急峻な岩肌の直下にボートを着けた。

「ここから歩きになります。登山道はありませんが、獣道はあります。まずは私が登ってロープを降ろしますから、根上さんと剣さんはそのロープを使って登ってください」

星はボートを近くの岩に繋ぎ止めると、いかにも慣れた足取りで急な斜面を登っていった。

「星さんは民宿を経営しながら、鹿や熊撃ちをする現代版マタギですから、奥只見の山々は自分の庭なんですよ」

根上は笑顔で剣に告げると、星が投げ落としたロープを握り、慎重に登り始めた。そして根上が登りきったのを確認して、剣も同様に急な崖を登った。

「ここからはブナやミズナラなどの混合林です。少し藪漕ぎになりますので、足下、それから小枝が跳ねますから気をつけてください」

星は腰からナタ鎌を取り出すと、障害物を勢いよく払いながら進んでいく。根上と剣もそんな星に遅れまいと、両手で笹などを払いながらアップダウンのある獣道を突き進んだ。

「このブナ林を抜ければ片貝ノ池ですよ」

星の言葉に腕時計を見ると、ボートを降りてから一時間ほどが経っていた。

片貝ノ池は三方を急峻な山に囲まれた静かな池で、水面には青い空と鋭く尖った稜線、そしてブナの森を映していた。

片貝ノ池（福島県檜枝岐村）

「神秘的な池ですね」

　剣は素直な気持ちを言葉にした。

「ここまでは地元の人間もあまり来ませんし、釣り師や山菜採りに荒らされることがありませんから、昔の姿のまま変わりません。それよりも剣さん、本当にこの辺に陸軍機が墜落したんですか?」

　星は落としても水に浸かっても大丈夫なリコーのコンパクトデジタルカメラＷＧ－４で写真を撮っている剣に尋ねた。

「そう聞いています。もちろん私に話してくれた方もご自身が直接見たのではなく、弟さんから聞いた話とのことですから、片貝ノ池周辺としかわかっていません」

「片貝ノ池周辺ですか……、しかしここは見ての通りあまり広くはありませんから、飛行機が落ちたとすれば、残骸の一つや二つぐらいは見つかってもいいんですがね」

　星はしきりに首を傾げていた。そして、

「もしかして、片貝ノ池ではなくて片貝平の間違いではないですか?」

「片貝平ですか?」

「はい、ここ片貝ノ池が標高約八〇〇メートルで、その片貝平は一〇七〇メートルほどあります。面積もここの十倍くらいは広いと思いますね。ですからもし片貝平に墜落したのならば、残骸を探し出すのは難しいでしょうね」

片貝ノ池は広いようで確かに狭い空間だ。仮にここに墜落したならば残骸が発見されてもおかしくはない。ただ、何も発見されていないということは、片貝ノ池ではなくて片貝平の可能性が高いのではないだろうか。星の説明を聞いて剣も疑問を感じ始めた。

「その片貝平には行けますか?」

「片貝平はこの山の上の方向です」

星は振り返ると、東北に聳える急峻な山肌を指差した。

「この崖の上ですか……」

剣と根上はお互いに顔を見合わせた。

「片貝平に行くなら一旦船着き場まで戻り、急な獣道を藪漕ぎすれば行けます。ただこれから戻って登ったのでは、明るいうちに戻れないかもしれませんよ。それから片貝平に着いても、広過ぎて墜落機の残骸を探し出すことは不可能だと思いますね」

たしかに星の言う通りだ。そんなに簡単に残骸が発見できるのであれば、とうの昔に発見されているはずだ。それが今日まで発見されなかったということは、いかに捜索が難しいかを証明している。だからこそ誰にも知られることがなかったのだ。剣は片貝平へ行くのを諦めると星に伝えた。

「星さん、ありがとうございました。この片貝ノ池を見られただけで、墜落事故の現場を想像することができました。この谷の深さ、山の険しさ、奥只見の広さの片鱗がわかりました」

「では、今日はここまででいいですか？」

「はい、十分です。ありがとうございました」

　剣は根上と星に礼を述べた。

「では帰りましょう」

　星の言葉で三人は片貝ノ池を後に、来た道をゆっくりと帰ることにした。そしてボートを係留した位置の真上にあるブナの根元に腰を下ろすと、持参したおにぎりで少し早い昼食にした。

「根上さん、ボートで来る時に感じたんですが、この辺の山肌はどこもかしこも雪崩で磨かれてピカピカですね」

　剣は対岸の山肌を指差しながら尋ねた。

「そうですね、奥只見は豪雪地帯のうえに山は急峻ですから、雪崩が多く起きます。そんなことから周辺の山肌はみんな雪に磨かれて光っています。そんな山でも、キタゴヨウマツだけはしっかりと生き抜いているんですよ」

　根上は嬉しそうに山々を見渡した。

「ところで星さん、さきほどの片貝ノ池はなかなか神秘的な池でしたが、例えば龍神が棲むといった伝説はないんですか？」

「いやあ、そうした伝説は聞いていませんね。そんなロマンチックな言い伝えでもあれば、観光資源として活かしたいんですがね」

星はお茶を飲みながら剣に答えた。そして、

「そうそう、伝説ではありませんが、亡くなった爺様から聞いた話だと、何でも奥只見ダムが完成してしばらくして、何かの研究者と名乗る女性が、この奥の片貝沢方面で行方不明になったと聞いたことがありました。まあ、うちの爺様もだいぶ歳でしたから、真実のほどはわかりませんが……」

「この奥の片貝沢で女性が行方不明ですか？」

「当時私の家は釣り宿をしていて、その女性を爺様が船に乗せて片貝沢登り口まで送ったそうです。家の者は皆、山を越えて檜枝岐村か只見町に抜けたのだろうと言っていましたが、爺様ひとりは遭難したんだと言い張っていたそうです。それから爺様は片貝ノ池の入口、ちょうど我々が這い登った辺りでしょうか、黄色いテントが張ってあったとも言っていました。もっとも私は小学校に上がる前でしたから、ほとんど記憶にはありません」

この星の話に剣は興味を持った。

「星さん、その女性の話をもう少し詳しく聞かせていただけませんか？」

星は、剣のあまりの真剣さに一瞬身を引いた。

「そう言われましても、今お話ししたのがすべてですが」

「他に何か覚えていることはないでしょうか？」

「ええ、特には思い浮かびませんね」

「星さんの家は釣り宿を経営していたとのことですが、釣りのお客さんは多かったんですか？」

「そうですね、奥只見ダムは昭和三十六年に稼働を始めましたが、現在通行している奥只見トンネルはダムの関係者専用道路でしたから、一般客は大湯温泉から枝折峠《しおりとうげ》を越えなくてはなりませんでした。もちろんバスの運行はありましたよ。そんなことから釣り客といっても知れたものでした。ただ梅雨明けから夏休みにかけてと秋の紅葉シーズンには結構な稼ぎになったと聞いています」

「そうですか、当時の奥只見は交通の便が悪く、今とは比較できない、まさに秘境だったんですね」

「はい、今は枝折峠へ通じる国道三五二号線も拡張し、全て舗装されました。何と言っても奥只見トンネルが無料開放されていますから、当時と比べたら夢のように便利になりました」

星は便利になった奥只見を強調した。剣は再び質問した。

「くどくなって申し訳ないんですが、当時は釣り宿を営んでいたのは星さんのところだけでしたか？」

「いいえ、うちの他にも二軒が釣り宿をしたり、釣り用のボートを貸し出したりしていましたよ」

「ボートも貸し出していたんですか？」

「はい、もっともその頃はすべて手漕ぎの小さなボートでしたが」

「最後にもうひとつだけお聞きします。当時の宿帳などは残っていませんか？」

「当時の宿帳ですか？」

「はい、半世紀以上も前のことですから、なくて当たり前なんですが、もしかしてと思いまして」

「そうですね、うちは春になると銀山平に登って、十一月下旬には宿を閉めて魚沼市の家に帰る生活を繰り返しています。ですから魚沼市の家の物置でも探せば、もしかしたらあるかもしれませんが、何と言っても占い物ですからあまり期待できませんね」

「でも、あるかもしれませんか？」

剣が執拗に聞くので星は呆れたような表情を見せた。そこに根上が助け舟を出した。

「星さん、剣さんはある事情で陸軍機墜落事故、これは大型輸送機ではなくて小型機なんですが、それと奥只見ダムが稼働した当時の様子を調べています。この調査は私にも関係あることですが、私はご承知のように宮勤めで調査ができません。そんなことから剣さんが一人で調べてくれています。なんとかご協力いただけないでしょうか？」

根上は星に協力を依頼した。

「わかりました。私にできることでしたらお二人に協力させてもらいます。帰りましたら魚沼市の家に行って、宿帳を探してみますよ」

星の言葉に剣も頭を下げてお願いした。

「それでは帰りましょう」

　根上の言葉に三人は慎重に崖を下り、ボートに戻ると、奥只見ダムの船着き場に向かった。

「写真家さんは涼しい山の中で、下界の暑さ知らずの生活でしたか？」

　焼酎のお湯割を片手に脇田は皮肉を言った。

「そうですよ、もっともエアコンの効いた部屋で涼んでいる、群馬県警刑事部長さんには敵いませんが」

　剣も負けずと言い返した。

「ああ言えばこう言う、口では剣さんに負けますねぇ」

　脇田は苦笑いで剣を見た。そして言葉を続けた。

「冗談はさておき、早速剣さんの収穫をお聞きしましょう」

　脇田はグラスをテーブルに置くと、真顔になって剣を見た。

「収穫って何だろう？」

「何をおとぼけになって。例の北條氏の事件を嗅ぎ回っていたんでしょう。顔にそう書いてありますよ。ここで正直に白状すればよし。白状しないと梓さんに密告しますよ」

「参ったな、脇さんがそれほどの悪人とは思わなかったよ」

二人は顔を見合わせるとまた笑った。

「私の調査は、何と言っても経費が掛かっているから、今夜の飲み代は脇さん持ちということで」

剣の言葉に脇田は胸を叩いて頷いた。

「順を追って話すと、まず北條さんの娘さんと長野県上松町の畠山森三氏を訪ねました……」

剣は改めて陸軍機墜落事故のことから、これまであったことを一つずつ説明していった。

「剣さん、それにしてもあんたは写真を撮らないで、まるでテレビドラマの探偵もどきのことをしているね。このことが梓さんに知れたら間違いなく追い出されるよ」

脇田は呆れ顔でしみじみと剣を見た。

「またそれを言う。じゃあ脇さんは私の調べた情報は欲しくないってことだね」

「いや、とんでもない。建前は建前として調査情報は大変ありがたいと思いますよ。特に今入って来たご仁は飛びつくんじゃないかな」

脇田の言葉に剣が後ろを振り向くと、ネクタイを締めてスーツを着た横堀が立っていた。

「おー、横ちゃん、そんなところにいないでこっちに座りなよ」

剣は手招きして横堀を誘った。横堀は軽く会釈をすると、脇田の横に腰を下ろした。

「横堀君、たった今迷探偵の剣平四郎殿の調査報告を拝聴したところだよ、明日にでも要約して君に送るから参考にしたまえ」

脇田はいかにも意味ありげに横堀に伝え、横堀を促した。

「横堀君は剣さんに用事があるんだろう」

「はい、実は剣さんから提出していただいたカーナビの履歴、および携帯電話の発着信履歴、ETCの履歴を調べました。その結果を長野県上松町役場のほか、この一覧表にまとめました」

横堀はテーブルの上にその一覧表を広げた。剣は老眼鏡を掛けるとその表を眺めた。それには畠山、長野市の鬼沢代議士の自宅や事務所、東京の事務所や自宅、それから東陽銀行本店、安達頭取の自宅などが載っていた。電話番号の履歴もほぼそれと一致していた。

「横ちゃん、この電話番号の〝?〟マークは何だろう」

「はい、それは電話会社に照会しても持ち主が特定できない番号です」

「つまり、オレオレ詐欺に使われているような、携帯電話ってこと?」

「はい、面目ないのですが、現在のところ持ち主を特定できていません」

剣は一覧表が、予測していた結果だったことにガッカリはしなかった。自らの考えの裏付けとして結果を受け止めた。

「ところで、先日の新潟県野積海岸で発見された心中事件だけど、何か進展はあったのかな?」

「それがですね……、岩長を派遣して捜査しているんですが、あまり芳しくない状態です。他の管轄のことについてコメントは控えるべきですが、報告ですと長岡西署の刑事課長が、単純な心中事件として捜査を指揮しているようで、岩長曰く、このままでは、北條さん殺害事件がお宮入りしてしまう心配があると。そんなことで私も苦慮しています」

「なるほど、私も現場で偶然岩長に会ったので尋ねたら、参ったし嘆いていたけど、初動捜査を誤ると取り返しのつかないことになるから、ぜひ横ちゃんとの合同捜査をして欲しいな。どうですか？脇田刑事部長どの」

剣は黙りこくっている脇田に水を向けた。

「そうだなぁ、なかなか難しいことだけど、明日にでも私から、再度新潟県警の刑事部長に捜査協力を依頼してみるよ」

脇田の言葉に剣と横堀は顔を見合わせて微笑んだ。

「ところで、岩長の話だと男性、たしか黒田は自称フリーのライターだったよね。若いのにトヨタの高級車レクサスを乗り回していたようだけど、フリーライターってそんなにお金になる職業なのかな？」

剣は自分の懐具合を基準に横堀に尋ねた。

「そうですね、私には見当もつきませんが、岩長がすでに身辺捜査を開始しています。それから女性、スナックのママ、星崎茜についても同様に捜査を始めました。この二人と北條氏の接点をつかまないと、尾瀬沼の事件は本当にお宮入りになってしまいますからね。ただ、先ほどもお話をしましたように、管轄外の事件ですから、岩長もずいぶんと神経を遣っているものと思われます。特に星崎は地元新潟市内ですから」

「わかったよ横堀君、そうしたことも含めて明日からは捜査がしやすくなると思う。だから君から岩長に、これからは遠慮しないで捜査を続行するように伝えてくれ」

脇田はそう言うと、剣に新しいお湯割を作って渡した。

第五章——新たな疑惑

奥只見（新潟県魚沼市）

「あなた、いつまでも寝ていないで、たまにはクロちゃんの運動をしてくださいよ」

　梓に起こされた剣は着替えると、渋々、愛犬クロの散歩に出かけた。幸いにしてどんよりした曇り空で、異常な暑さは凌げた。クロは思わぬ散歩にご機嫌で、グイグイと引っ張り、剣はやっとの思いで付いていった。その時、携帯電話が鳴った。相手は亜季であいさつもそこそこに言った。

「大変なんです！　父の車の中にお金が。それも一千万円もの大金が入っていたんです！」

　亜季の電話に剣も驚き、聞き直した。

「亜季さん、ちょっと落ち着いて、もう一度話して」

「ごめんなさい。実は買い物に父の車で出たら、スーパーの駐車場でパンクしてしまって。ディーラーに電話してタイヤ交換でトランクを開けてスペアタイヤを外したら、茶封筒が出てきて、何かなと思って開けてみたら五百万円が。それから工具を収納しているスペースにも五百万円。合計一千万円の現金が入っていたんです。それで怖くなって剣さんに電話しました」

　あまりの出来事に剣は返事を躊躇したが、亜季に尋ねた。

「わかった。それで亜季さんは今どこにいるの？」

「まだディーラーにいます。新潟トヨタの水原店でパンクしたタイヤを交換していますが、警察に届けるべきでしょうか？」

「拾得物ならすぐに警察に届けないといけないけど、お父さんの車の中から出てきたお金だからね。

その出所を調べてからでもいいんじゃないかな。ともかくこれから私がそっちに向かうから、亜季さんはそこを動かないで、待っててくれるかな」

「えっ、剣さんが来てくれるんですか？　でもそれではご迷惑ですから、修理が済みましたら警察に届けにいきます」

「なに、関越道を飛ばして行けば二時間ちょっとで着くよ。それまでの間、そこで待って。いいね」

剣は亜季の返事を聞かずに電話を切ると、急いでクロを連れて帰宅した。

「あら、もうクロちゃんの散歩は終わりですか？」

「うん、ちょっと用事を思い出したんだ、出かけてくる」

剣は梓に理由を言わずランドクルーザーに飛び乗ると、沼田ＩＣから関越道を新潟に向かった。

（北條大輔の車のダッシュボードの中やカーナビなどの履歴は調べたが、トランクルームの中まではさすがに気がつかなかった。それにしても、一千万円もの大金はどんな金だろうか？　間違っても北條自らの金ではないだろう。仮に自分の金を銀行から引き出したのならば、白宅に保管するはずだ。いや、今どきそんな多額の現金を自宅に置く者は少ない。それが車のトランクルームとは、どう考えてもいわく付きの金に思えてならない。北條はどこからその金を入手したのだろうか）

北條の取材活動に思いを馳せ、剣は普段よりも速度を上げて阿賀野市の亜季の元を目指していた。

剣のランドクルーザーがディーラーの駐車場に停まると、亜季が小走りに駆けてきた。

「すみません、遠い所まで。ご面倒をお掛けします」

「それよりもその現金を見せてくれるかな」

亜季は北條の車の中を見せた。

「このお金がスペアタイヤの下に、それから、こちらが工具などの収納スペースに入っていました」

トランクルームを指差しながら、説明した。

「なるほど、それにしても怪我の功名だね」

「はい、パンクしなければ、気がつきませんでした。それにしてもこんな大金、何となく気持ち悪いです……」

「そうだね。それにしてもこれはどんなお金なんだろうか？」

剣は封筒を手に取るとしみじみと眺めた。一つの封筒に、銀行名の入った帯で束ねられた一万円札が百枚ずつ、五束入っていた。そんな剣に亜季が言った。

「封筒には『六月十八日鬼沢氏』と父の文字で走り書きがあります。そしてこちらには『六月十八日安達氏』とあります。もしかして父は、何か悪いことに手を染めていたのでしょうか」

亜季は不安そうに剣を見た。

「まさか、そんなことは絶対にないよ。亜季さんがお父さんを信じなくてどうするの？」

根拠はないがそう信じたい剣のひと言に、亜季は安堵の顔をした。

「ところで、鬼沢氏とはおそらく鬼沢代議士、安達氏とは東陽銀行の安達頭取のことだろうね。それにしても二人はどのような目的で北條さんにこの現金を渡したんだろう。わからないな……」

剣は亜季に不可解と言いながら、もしかすると、北條が何かをネタに鬼沢と安達をゆすったのでは、と考えた。仮にそうだとすればそのネタは、やはり平野熊造から聞いた陸軍機墜落事故に関係すること以外に考えられない。それにしても、陸軍機の墜落事故は昭和十三年の出来事なのだ。熊造が学生時代の彼らに話した時点ですら昭和三十六年だ。すでに半世紀以上の年月が経っている。ゆすって一千万円も得られるとは一体どんなことだろう？　津幡はお宝だと言っていたが、旧陸軍の宝を巡って殺人でもしたのか？　いや、お宝のことを知っている仲間は三人とも生きている。いったいこの金は何なんだ。小型機墜落事故以外にも二人に共通した何かがあるのだろうか。剣は自問自答を繰り返しながら、先の見えない迷路を彷徨い始めていた。そんな剣に亜季の声が聞こえた。

「剣さん、それでこのお金ですが、やはり警察に届けたほうがいいですよね」

我に返った剣は一瞬逡巡したが、他に手段がないと悟り、頷いた。

「そうだね、どう考えてもいわくのありそうなお金だから、一日は警察に届けたほうが無難だね」

「はい、わかりました。私もこのお金を持っていたのでは薄気味悪いから、そうしたいと思います。剣さんも警察までご一緒してくださいますか？」

「もちろん。ただその前に聞くけど、この封筒に触れたのは亜季さんだけかな？」

「いいえ、ディーラーのサービスの方も触りましたよ」

「他にはいないよね？」

「いません。それがどうかしましたか？」

「この封筒、あるいは、お金から指紋を採取してもらおうと考えているからだよ。それによっては、北條さん以外にこのお金に触れた人を割り出すことができるかもしれないね」

剣は亜季の運転する車に乗ると、以前空き巣の被害届けを出した水原署に向かった。そして建物に入ろうとした時に呼び止められた。振り返るとそこに大岩部長刑事と部下の小林刑事がいた。

「剣さん、たびたびお会いしますね。しかも今日もまた北條さんのお嬢さん同伴で」

大岩は意味ありげな笑い顔を作って剣に近寄ってきた。

「そうですね、よほど岩長さんとは縁深いようですね」

剣はおどけて返事をした。

「聞いていますよ、剣さんの迷探偵ぶりは。何でも遠く長野県までお出ましになったとか、私は安いとはいぇ出張手当が支給されますが、剣さんはすべて自腹だと伺っていますよ」

「ちょっと岩長さん、あなたも物言いがあの脇さんによく似てきたね。いくら上司だからと言っても好ましいことではありませんよ」

「ご忠告ありがたく承っておきますが、今日はどんなご用件ですか？」

大岩は刑事の顔で剣に尋ねた。剣も真顔になると大岩を駐車場のほうに誘った。

「私が調べた陸軍墜落事故のことは横堀君から聞いているかな」

「はい、今朝、課長から伺いました」

「それなら話が早い。実はこれから北條さんの車のトランクから見つかった一千万円を、亜季さんと警察に届けるところなんだ」

「ちょっと待ってください！　何ですかその一千万円とは」

大岩はもう少しで剣の襟元を摑みそうな勢いで尋ねた。剣はかいつまんで事情を説明した。

「本当ですか？　で、その金の出所は？　いつ見つかったんですか？」

大岩は矢継ぎ早に質問した。

「そんなに一度に聞かれても、私は聖徳太子じゃないから答えられないよ。それよりも岩長さんに頼みがあるんだけど……」

剣は一千万円の出所の説明と、指紋採取などの考えを伝えた。大岩はすぐに頷いた。

「わかりました。ともかく水原署に届け出てください。その後で指紋の採取などを私から依頼します。何、課長の話ですと北條さん殺害事件の捜査協力を、脇田刑事部長から新潟県警に正式要請したとのことですから、きっと剣さんの期待に添えると思いますよ」

大岩は俺に任せろと言わんばかりに胸を張った。そんな大岩に剣が質問をした。

「ところで岩長さんは、なんでここ水原署に来ているの？」

「課長から北條家の空き巣事件を聞き、その捜査ですよ。そうしたら剣さんまで……」

大岩はにんまり笑うと、部下の小林を呼び、水原署に入っていった。

「ではわれわれも行こうか」

剣も亜季を伴い大岩たちの後に続いた。そしていきなり二階の刑事課を訪ねて、ドアを開けた。そこには以前顔を合わせたことのある、藤原部長刑事がいた。

「大岩さんから伺いましたが、お父さんの車の中に一千万円もの大金が隠されていたそうですね」

藤原は亜季に尋ねた。

「はい、たまたまパンクの修理をしようとトランクを開けたら、スペアタイヤの下と、工具類の収納スペースにそれぞれ五百万円ずつ入っていました」

亜季は丁寧に答えた。

「それでお嬢さんにはそのお金の心当たりはない、ということですね」

「はい、前にもお話をしましたように、父の預金通帳などは家にありますし、間違っても父のお金でないことは確かです」

藤原は亜季の言葉ひとつひとつを確認した後、大岩にちらっと視線を移すと剣にも尋ねた。

「たしか剣さんでしたね、過日の空き巣事件といい、今回といい、なかなかご縁がありますね。まあ、先ほど沼田北署の大岩さんから若干伺いましたから、それはいいとしてですね、この封筒の指紋採取をご希望と伺いましたが？」

「はい、素人が口を出してすみませんが、ぜひお願いします。封筒にある鬼沢氏、つまり鬼沢代議士、それに安達氏は東陽銀行の安達頭取かと思われますが、おそらくそれぞれの封筒から二人の指紋が検出される可能性が高いと思います」

剣の口から鬼沢と安達の名前が出た途端、藤原と大岩の顔が引きつり、大岩が剣に尋ねた。

「鬼沢代議士は確か世襲議員で影の総理と言われている与党の大物ですよね。かたや安達頭取は日本銀行協会会長ですよ。剣さんを疑うわけではありませんが、万が一の場合は私が辞表を出したくらいでは済みません。第一、二人の指紋をどんな方法で入手するんですか？　まさか、いきなり指紋を採取させてくださいとは言い出せませんよ」

大岩はハンカチで坊主頭の汗を拭いながら剣に耳打ちをし、

「公僕の私が言うのはいかがなものかと思いますが、日本の政治家は世襲議員が多すぎますよ。国会議員の三〜四割は世襲議員でしょ。マスコミなんかも三代も続くと名門だとか書いてちやほやしますが、私に言わせれば世襲は単なる政治の私物化に過ぎません。こんなことだから政治の浄化が遅々として進まない、それどころか汚職の温床になっているんですよ。まったく」

と、日頃の鬱積を一気に吐き出した。

「まあまあ岩長、それはそれとしてだね、今回の捜査は相手が相手だけにかなり神経を使い、慎重になると思うけどそこをなんとかお願いします」

剣は大岩に頭を下げたあと、亜季に言った。

「これで亜季さんもひと安心だね。あとは警察の方にお願いして我々はこれで失礼しよう」

剣の言葉に亜季は頷くと、あっけにとられている藤原、大岩を正視して「よろしくお願いします」と丁寧にお辞儀した。


亜季の運転でディーラーの駐車場に戻った剣は、亜季に別れを告げると、愛車のランドクルーザーに乗り込み、新潟新聞に電話して、東山憲一郎を訪ねた。その東山は水原三紀彦と現れた。そしてラウンジのコーヒーショップに腰を落ち着けると、まず水原が北條の事件に際しての礼を述べた。剣もあいさつを返し、ひと通りの会話が切れた時に、東山が用向きを尋ねた。

「お二人ともすでにご存じのように、北條さん殺害事件の重要参考人として警察が行方を追っていました男女、確か男が黒田、女が星崎でしたでしょうか、この二人が野積海岸で心中という形で発見されましたね。この男女と北條さんとの関係について伺いたいのですが、ご存じですか？」

剣の問いに水原が答えた。

「男のほうは知りませんが、星崎は新潟市内で〈朱鷺色〉というスナックを開いていて、北條さんは常連客の一人でした。私も東山も何度か一緒に行ったことがあります。ですから仮に尾瀬沼で偶然会ったとすれば、星崎がコーヒーをすすめた場合、何のためらいもなく飲んだかもしれません。それから男、黒田ですが、警察の正式発表はありませんが、〈朱鷺色〉の客だったらしいので、もしかすると北條さんとも面識はあったかもしれませんね。しかし、この二人と北條さんの間にどんなトラブルがあったのかはわかりません。少なくとも、私の眼には朱鷺色のママと北條さんの間にトラブルがあるようには見えませんでした。それからこの二人は共に独身なんですよ。今どきの若者が心中なんて、にわかには信じ難い話ですよ」

水原の話で、北條が尾瀬沼で毒入りコーヒーを飲んだ経緯は想像できたが、なぜ黒田と星崎の二人が北條を殺害したのか動機はわからなかった。また、心中については剣も水原に同感だった。

「おっしゃるように今どき、しかも独身者同士が心中とは私も疑問を感じます。むしろ何者かの作為的な臭いさえ感じます。しかし、こうした疑問の解明は警察に任せる以外に術がありませんね」

「剣さんのおっしゃる通りですが、我が社としては長岡西署の発表に釈然としない点があるものですから、ここにいる東山など数名で独自の取材をしています」

「釈然としないとは、長岡西署の発表が単純な心中事件として重きを置いていることでしょうか」

「そうです。それにしても剣さんはいろいろとよくご存じですね」

水原は剣に対して初めて警戒の表情を見せた。

「とんでもない。たまたま新聞の記事を読みましたが、北條さんの事件の現場に居合わせた一人として、気になっているだけです。事件の関係者でしたら、誰でも素朴な疑問を持つと思いますが」

剣の釈明とも取れる返事に水原は一応頷いたものの、警戒心は解かなかった。剣は仕方なしに礼を述べると、新潟新聞社を後にし、心中事件の捜査本部が置かれている長岡西署に向かった。そして刑事課を訪ねた。

「ごめんください、課長さんに面会したいのですが」

剣の言葉に奥の席にいた年配者が席を立ってきた。

「私が課長の糸井ですが、どちらさま?」

男は度の強そうな眼鏡を外しながら言った。剣は即座に名前を告げると用件を伝えた。

「ほう、そうしますとうちの心中事件と、群馬県沼田北署の殺人事件に関連があり、捜査方針を見直せとおっしゃるんですか、お宅は?」

「いえ、そんな乱暴なことは言っていません。ただ北條さんの事件現場にいた者の一人として、お願いをしているだけです」

「何を言っているんですか。言葉はともかくお宅は私に捜査指示をしているじゃないですか。そもそも民間人が首を突っ込むべきことではないんですよ。お引き取りください」

糸井は血相を変えるとドアを開けて剣を廊下に押し出した。この時、剣は廊下で人にぶつかった。

「失礼」

剣は相手を見た。

「あれ？　剣さんじゃないですか」

「おお、宮崎君」

二人は互いに驚きながらも、再会を喜びあった。

「ところで何で剣さんがこんな場所にいるんですか？」

「うん、ちょっとね」

剣はバツが悪そうに言葉を濁した。

「ともかく、お茶でもいかがですか？」

宮崎は傍らの署長らしき人物にめくばせをすると、剣を署長室に招き入れた。

「署長、こちらは剣平四郎さん。僕の警察庁時代の先輩で今は写真家としてご活躍です」

宮崎は剣を紹介した。署長は直立不動のまま剣にあいさつした。

「初めまして、長岡西警察署署長の徳田三郎《とくださぶろう》です。宮崎本部長には日頃よりご指導を賜っています」

「こちらこそ、突然お邪魔して失礼しました」

剣も丁寧にあいさつを返した。

「ところで剣さん、今日はどんなご用件でしたか？」

宮崎の問いに剣は正直に答えた。

「少し長くなるけど、六月二十四日の早朝に尾瀬沼畔で新潟新聞社の編集委員だった北條大輔さんが殺害されたよね。宮崎君とは葬儀所で偶然一緒になっただろ」

宮崎も黙って頷いた。

「たまたま一緒のツアーの参加者だった私は、その後、お嬢さんの亜季さんと青森県の十和田湖畔で再会をして……」

剣の長い説明が終わった。しばらくは宮崎も徳田も言葉を発せなかったが、お茶をひと口飲んだ宮崎が剣に尋ねた。

「大筋のことは理解できました。それから群馬県警察本部の刑事部長から、うちの刑事部長に正式な捜査協力依頼が来た旨も報告を受けています。もちろんこの捜査協力は、ここ長岡西署の署長にも伝えています」

宮崎はちらりと徳田を見た。それに対して徳田も黙って頷いた。

「署長、事件は群馬県の尾瀬沼畔で起きたとはいえ、被害者は新潟県人。しかも新潟新聞社の北條さんです。その後も北條家には空き巣が入ったそうだし、長岡西署管内で起きた心中事件も、すべて一つの糸で結ばれていると考えるのが捜査の常道でしょう。すぐに刑事課長に指示をしてください。それとも署長のところで荷が重いようならば、刑事部長に命じて県警本部の捜査一課に捜査を指示しますがどうですか？」

　この宮崎の言葉に徳田は慌てふためき、糸井を呼びつけた。やがて血相を変えた糸井は署長室に入るや否や、剣を見つけると「なんだ、お前は」と言わんばかりの顔をして驚いた。

「糸井君、本部長にごあいさつしないかね」

　徳田は呆れ顔で糸井を睨んだ。

「まあ署長、堅苦しいことは抜きにして、捜査の指示はしっかりと頼みますよ。それから課長、こちらの剣さんは僕が若い頃しごかれた先輩です。本来ならば本庁の幹部になっている方ですが、呂勤めを嫌って今は写真家として活躍されています。それから、尾瀬沼で起きた北條さんの事件では現場関係者の一人です。課長の扱っている心中事件にも無関係とは思えません。ぜひ社会に開かれた警察として民間人の協力も得るようにしてください。よろしいですね」

　宮崎は、緊張したまま棒立ち状態の糸井にやんわりと命じた。

「ところで剣さん、たびたび当地を訪れているようですから、近いうちにぜひ一席設けさせてください」

「ああ、ありがとう。君ともしばらく飲んでいないから、日本海の珍味でもご馳走になりますかね」

　宮崎は「約束ですよ」と念を押すと、剣に一礼して署長室を出て行った。残された剣と糸井の間に、何となく気まずい雰囲気が漂い始めたことを察した剣は、笑顔で糸井にあいさつした。

「先ほどは失礼しました。もしご迷惑でなければもう一度、刑事課にお邪魔したいのですが、いかがでしょうか？」

「こちらこそ大変失礼しました。本部長のお言葉ではありませんが、開かれた警察としては民間人、いや剣さんのお話を参考にしたいと思いますので、お願いします」

糸井は剣を先導する形で刑事課に戻ると、冷たい麦茶を自ら入れて剣に差し出した。剣は一気に飲むと糸井に尋ねた。

「沼田北署の大岩さんからお聞きかと思いますが、こちらの心中事件の男女は尾瀬沼で起きた北條さん事件の重要参考人でした。その二人が北條さんと同じように青酸性毒物により亡くなったんです。そんなことから、素朴な疑問として北條さんの事件との関連性は、いかがでしょうか？」

「どうもそのようですね。黒田の身辺を洗うべく東京にも捜査員を派遣していますし、星崎についても関係者からの事情聴取を行っていますから、早晩何らかの答えが出るものと考えています」

糸井は幾分苦しい解説をした。

「そうですか、ぜひ課長さんのお力で事件の早期解決をお願いします」

剣はそう言うと腰を上げた。その時ドアが開き大岩と小林が入ってきた。

「あれ、剣さん。それにしてもよくお会いしますね」

大岩は、相変わらずハンカチで頭を拭きながら剣を見た。

「そうだね、岩長さんとは縁がありますね」

「長岡西署にはどんなご用ですか？」

「例の心中事件のことで」

「それはなかなかご熱心なことですね。まあ、お気持ちは重々理解しますが、事件のことは我々警察にお任せをいただきまして、群馬で吉報をお待ちください」

剣と大岩のやり取りを聞いていた糸井が、会話に割って入った。

「ともかく、剣さんから貴重なお話を拝聴しましたし、鋭意捜査を続行しますから事件の解決も間近でしょう。あはは」

この糸井の豹変ぶりで、大岩は事の成り行きを察した。

「では、私はこれにて失礼します」

剣は姿勢を正すと糸井にあいさつして、刑事課の部屋を後にした。そして剣がランドクルーザーに乗り込もうとした時に、大岩に呼び止められた。

「剣さん、水戸黄門の印籠が出ましたね」

「まったくの偶然だけど、新潟県警察本部の宮崎本部長にばったり会ってね。彼の口から素性がバレたんだよ。面目ない」

「やはりそうでしたか。どうもあの課長の様子がおかしいので、そんなことかと予想していました。

ところでこれからどうしますか?」

「今日のところは一旦帰るよ。糸井課長も本腰で二人の身辺捜査を開始してくれるようだし、なんといってもこれで岩長さんが自由に捜査できるから、それこそ吉報を待っているよ」

剣は笑顔で大岩の肩を叩くと、長岡西署を後に家路に就いた。


「伊豆の天城に行ってくるよ」

剣は梓が淹れてくれたコーヒーを飲みながら話した。

「天城ですか? だってこれから天候が崩れるらしいですよ」

梓はネコのジュンを撫でながら言った。

「うん、その崩れが恵みの雨になるような気がするんだ」

「まあ、あなたのご自由ですけど、あちこちでゲリラ豪雨による崖崩れや、河川の増水などの被害が出ていますから、くれぐれも気をつけてくださいね。それからいつかのように、衛星携帯電話のバッテリー切れなんてことのないように、しっかり準備してくださいね」

「はい、はい、十分気を付けますから、留守をお願いします」

八丁池口から天城山縦走路の坂道を歩きながら、天城山系のスペシャリストの友人・栗田安英《くりたやすひで》が剣に言った。

「ほら、天気予報が当たったたよ。これだと一日降るよ」

栗田は天を仰いだ。

「いいじゃない。まさに天の恵みなんだって」

剣は笑みで答えた。そして雨音を聞きながら丸山を目指した。

「去年の秋、皮子平《かわごだいら》の帰り道にヤシャビシャクがあると教えてもらったんだよね」

剣はブナの巨木を指差して言った。

「あの時は薄暗くなってしまって、撮影はできなかったんだっけね」

栗田も去年のことを思い出して答えた。二人は、八丁池に延びる道を逸れると、ブナの巨木の森へと入り込んだ。

「栗田さん、写真家さんのお付き合いは退屈だろうけど、勘弁してね」

剣は腐葉土でスポンジのように柔らかい林床を登ると、ブナの巨木と正面から対峙し、ハスキーの三脚にEOS5DマークⅢと24~70ミリのズームレンズをセットして、撮影を開始した。防塵防滴の機材なので雨に神経を取られる心配が少なく、剣はしばし撮影に没頭した。

そして、カメラをザックに収めて次の場所に移動し、やや急な斜面を登るしザックを降ろした。

「栗田さん、これ、このブナだよ」

天城山系（静岡県伊豆市）

剣は直径が六メートルはあるであろう巨木の前に立ち、鮮やかな緑の苔に覆われた姿を上から下までじっくりと見つめた。

「このブナはペンタックス645Zでも撮ったけど、今日も雨で苔が活き活き輝いているね。それから樹幹流が素晴らしい。もうゾクゾクするよ」

剣は独り言とも取れる言葉を吐き、雨に打たれながら黙々と撮影を続けた。

剣の姿に呆れながら栗田は黙って撮影を見ていた。剣も時々栗田の様子を気にしていたが、やはり写真家の本能なのか次から次へと移動しながら、撮影を続けていった。

そんな剣が栗田に叫んだ。

「栗田さん！　これを見て！」

何事かと驚き近寄った栗田に剣が指差した。

そこには数十もの空蝉がびっしりと付いていたのだ。

「なんだ、空蝉じゃない。大きな声で呼ぶから何事かと思ったよ」

栗田はあっけらかんとした顔で言った。

「それより少し休もうよ、こう雨が強くてはいくらなんでも無理でしょ」

栗田の言葉に剣も頷くと、栗田の傘の中に入った。そしてザックの中を見ると、すでに五枚のタオルがびしょびしょに濡れていて、雨の凄さを物語っていた。

しかたなく剣は栗田の助言を聞き入れることにして、さらに奥にある大きなブナの撮影を断念した。そして並んで歩いていても会話が聞き取れないほどの雨の中を、重い足取りで八丁池口駐車場に戻った。

「いやあ、あの雨の中で写真撮影なんて、正直呆れたね」

ひと風呂浴びた剣に焼酎のお湯割を差し出した栗田は、苦笑いで剣を見た。

「確かに、一般的には芳しい条件ではないけど……。でも栗田さん、天城のブナは東北などのいわゆるシロブナではなくて、太平洋側、例えば奈良の大台ヶ原《おおだいがはら》などに多く見られるクロブナ（イヌブナ）だよ。しかもここ天城山系は苔が凄い。こんなブナの森は、北限と言われている北海道黒松内《くろまつない》から、原生林の南限とされている広島県比婆山《ひばやま》までの二十九カ所を巡っても、類を見ないね。おそらく巨樹、巨木の森としては日本一だと思うよ」

剣は自らの体験を素直に語った。

すると栗田も意見を述べた。

「天城山系のブナは、ほんの一部の何人かが写真展などで発表しているけど、丸山はほとんど知られていないね。だからぜひ剣さんに天城の素晴らしさを紹介してもらって、大勢の人の力でブナの森を守るきっかけを作って欲しいと思っているんだよ」

天城に生まれ、天城に育てられ、そして天城を誰よりも愛おしく思っている栗田は剣に訴えた。

「これまでに五回天城山系を訪れて、旧天城峠や天城山縦走路沿線などでブナの巨木を撮ってきたけど、まさに目から鱗だね。一介の写真家がどこまで栗田さんのお手伝いができるかは疑問だけど、まずは多くの方に天城の素晴らしさを知ってもらおう。それが天城を大切にする気持ちのスタート地点かな。喜んで協力するよ」

二人は飲むほどに饒舌になり、お互いの自然観などを語り続けた。

「じゃあ明日はツゲ峠から猫越峠《ねっことうげ》や手引頭《てびきがしら》を案内するよ。ここも丸山同様に巨木がたくさんあるから、お楽しみに、ってとこだね」

栗田の話に、剣は期待に胸を膨らませていた。

その時、剣の携帯電話が鳴った。相手は奥只見の根上孝明だった。

「こんばんは、今日はどちらで撮影ですか？」

根上の少し低い声が聞こえた。

「今日は伊豆半島の天城山系を歩いて、大雨の中、イヌブナの巨木を撮りました。そして今は宿のオーナーと一杯やっています」

「天城ですか。剣さんはいろんな所で旨い酒を飲めて本当に羨ましいですね。私などは社宅で独り酒ですよ。ところで星さんからの電話で、魚沼市の自宅を探したところ古い宿帳が見つかったとのことです。それで調べてみたら、行方不明になっている女性らしき人の記述があるそうです。いかがしますか？」

「本当ですか？　それは凄い。ぜひ見たいものですね」

「でも剣さんは伊豆の天城では？」

「そうです。でも明日の午前中には伺いますから、星さんにそうお伝えいただけますか？」

剣の頭の中からブナの撮影が消えて、奥只見の行方不明女性がクローズアップされた。

「でも、天城からでは結構な距離がありますよ」

「四〇〇キロを超えますが、未明に天城を発てば昼前には奥只見に着きます。ぜひ星さんにお願いしてください」

剣の勢いに押し切られた根上は、

「銀山平にある星さんの民宿〈樹湖里〉でお待ちします」と電話を切った。剣も携帯電話をテーブルの上に置くと、栗田に言った。

「勝手なわがままで申し訳ないけど、急に新潟県の奥只見に行かなければならなくなったんで、猫越峠方面の撮影は次回まで延期してもらえるかな」

「まあ、事情はわからないけど、剣さんがそう言うのなら仕方ないね。それよりもだいぶハードなようだから、居眠り運転などで事故を起こさないように気をつけてくださいよ、お互いに決して若くはないんだから」
栗田に感謝の言葉を述べると、剣は明日に備え休むことにした。

第六章 ―― 時間が止まった女性

白駒の池（長野県佐久穂町）

「いやあ、ずいぶんと早かったですね」

根上と星が玄関先まで出てきた。

「運良く渋滞に巻き込まれなかったので、順調に来ました」

剣は笑顔で応じながら〈樹湖里〉に入った。そしてコーヒーを飲むと早速宿帳を見せてもらった。そこには昭和三十六年七月二十四日、長野県佐久郡八千穂村上畑×××―×、小宮山小百合《こみやまさゆり》（二十七歳）研究者、と書かれていた。

「これが行方不明になっている女性ですか？」

「はい、この前後を調べましたが、女性一人でのお客さんは他に見当たりませんから、たぶん間違いないと思います」

剣は先日案内してもらった片貝ノ池周辺の景色を思い出しながら、半世紀以上も前、若い女性が一人であの険しい山域をよじ登り、藪漕ぎをする姿を想像してみた。そして根上と星に尋ねた。

「職業欄に研究者と記してありますが、一体どんな研究をしていたんでしょうか？」

根上と星は顔を見合わせたものの「さあ」と答えた。

「それから住所が長野県八千穂村というのも意外でした。つまり研究者のイメージから大学や研究所に関係あって、東京辺りの住所かと思ったのですが、八千穂村、現在の佐久穂町とは……」

「確かに剣さんのおっしゃるように、東京近郊にはたくさんの大学や研究所があるでしょうが、日付を見ますと夏休み中ですから、実家の住所を書いたのかもしれませんよ。もっとも長野県にも信州大学などいくつもの大学はありますが」

剣は根上の説に「ちょうど夏休みですね」と素直に頷いた。そして「しまった」と呟いた。

「どうしたんです？」

根上と星は剣を見た。

「私はつい先日、新潟新聞を訪れたのに、なぜ縮刷版を閲覧しなかったのかと、今頃気付きました。つまりこの女性、小宮山小百合さんが、奥只見で行方不明になったのでしたら、当然ご家族から捜索願が出ているはずですよね」

剣は携帯電話を取り出すと、新潟新聞社の東山に電話をかけた。そして過日のあいさつを済ませると、縮刷版で小宮山の記事を探して欲しい旨を依頼した。

はじめはそんな昔の記事を、と難色を示していた東山だが、剣がもしかすると、北條の事件に関係しているかもしれないと伝えると二つ返事で引き受けてくれた。

東山の電話を切った剣は、宿帳をペラペラとめくっていてあるページで指を止めた。なんと七月二十五日に〝津幡巌ほか二名〟との記述を発見したのだ。しかも前とカッコ書きがあったのだ。剣は心臓が止まるほどのショックを受けたが、これで同時期に津幡ら学生三人と小宮山が、奥只見にいたことを確認できた。剣は身体の震えを押さえながら根上と星に告げた。

「これを見てください。ここに津幡巌ほか二名と書かれています。つまり三人の学生は七月二十五日に星さんの所に泊まり、翌二十六日にボートに乗ったと思われます。つまり二十四日に宿泊した小宮山さんと、この奥只見、おそらくは片貝沢方面でしょうが、接触したかもしれません。私はこれから長野県の佐久穂町に行きます。そして小宮山さんのことを調べてみたいと思います」

剣の言葉に驚いた根上が尋ねた。

「半世紀も昔に、奥只見で行方不明になった女性を探すんですか？」

「はい、まずここ奥只見で行方不明になったとされていますが、先日のお話の中に檜枝岐村、あるいは只見町に抜けたのではないか、とも言われていたと伺いました。この場合は遭難ではなく自宅に帰った可能性が高い。つまり家族からの捜索願も出されず、当然新聞にも載らない。個人的には一番望ましい形ですね。しかし、行方不明のままならば、奥只見で遭難したことになり、捜索願も出されているはずです。それからもう一つ、彼女は何の研究者だったのか、それを知ることによって、彼女が当時は不便だった奥只見をなぜ訪れたか目的がわかります」

「それで長野県の佐久穂町ですかぁ」

根上は完全に呆れ顔で剣を見た。そしてさらに尋ねた。

「仮に剣さんの調査がうまくいって、彼女の消息が知れたとして、それで何になるんですか？」

剣はひと呼吸置くと答えた。

「正直なところわかりません、しかし、前にもお話ししましたように、平野熊造さんと三人の学生のこと、そして片貝ノ池口に張ってあったというテントのことが気になるんです。つまりあくまでも私の仮説ですが、熊造さんから何かを聞いた学生がテントを張っていた。そして女性が片貝沢に入って行方不明になった。この二つに何らかの関連があるように思えます。ともかく、これから佐久穂町に行ってみます」

剣の言葉に根上と星は、とてもついていけないと言わんばかりの表情を見せ、剣を送り出した。

剣は再び奥只見シルバーラインを戻り、小出ICで関越道に乗ると、六日町ICで降りて国道二五三号線に、そして八箇トンネルを抜けて十日町市で国道一一七号線に進み、コンビニでパンと牛乳を買うと食べながら南下し、津南《つなん》町宮野原で橋を渡り長野県栄村《さかえむら》に入った。国道と並行して流れている信濃川《しなのがわ》の名前が千曲川《ちくまがわ》に変わった。かつてはJR飯山線の踏切をいくつか渡ったのだが、現在の国道一一七号線は道幅も広く、踏切もなくて、冬場の豪雪期を除けば快適な道だ。剣は野沢温泉村を過ぎ、豊田飯山ICで上信越道に乗った。そしてたびたび訪れている北八ヶ岳の〈白駒荘〉に電話した。電話には主の龍野善吉《たつのぜんきち》が出た。

「オヤジさん、剣ですが今夜泊まれますか？」

「おお、剣さんか。夏休みで混んでるけど、他ならぬ剣さんの頼みじゃ断れないでしょう」

「では急で悪いけどお願いします」

剣は用件だけで電話を切ると、佐久ICを目指した。そして佐久ICから通称・佐久甲州街道の国道一四一号線を、千曲川、JR小海線《こうみせん》に沿って進み、清水町で国道二九九号線に分け入ると、標高を上げながら白駒《しらこま》の池の駐車場に車を停め、外気を胸一杯吸い込んだ。標高が約二〇〇〇メートルあるだけに、下界の暑さからは想像できない爽やかな空気が全身を包んだ。

早速機材が入っているカメラザック〈槍ヶ岳〉にハスキーの三脚を付けると、国道を横断して常緑樹の森に足を踏み入れた。鬱蒼としたトウヒ、シラビソ、ダケカンバ、コメツガの森は苔に覆われていて、さらに涼しさを実感した。

「こんにちは」

剣は白駒の池のほとりに建つ〈白駒荘〉の玄関を入った。ちょうど夕食時とあって、食堂は若いカップルや家族連れで賑わっていた。

「やあ、早かったね」

ねじり鉢巻をした小太りの主人、龍野が顔を見せた。そして剣を白駒の池の見える部屋に案内すると、生ビールのジョッキを出してくれた。剣はザックを部屋の隅に片付けると、その生ビールをグイグイと喉に流し込んだ。

「いやあ、突然すみません。それにしてもここは別天地ですね」

「だろう、なんて言ったってここは天然クーラーだからね。下界の猛暑も苦にならないよ」

龍野は白駒の池の涼感を盛んに自慢した。

「ところで、オヤジさんに聞きたいんだけど」

剣は奥只見での話とメモを見せた。

「何んだって、昭和三十六年といえば東京オリンピックより前だぜ。オレは小学二、三年生の頃だよ。剣さんだってそうだろう？」

剣は黙って頷いた。

「そんな昔のことを調べてどうするの？」

この龍野の言い分は理解できたが、「とにかく知りたいんだ」と答えた。

「うちの爺さん、婆さんでも生きていれば、少しは聞きようがあるけど、二人とも天国に行ってしまったしね。ともかく上畑は役場の近くだし、小宮山姓は数軒あったと思うから、明日一緒に役場に行って聞いてみようか。それよりも久しぶりだから一杯やろうよ」

龍野は、剣の返事も聞かず厨房から木曽の銘酒『七笑』を抱いてきて、剣のコップに注いだ。

「ちょっとオヤジさん、この忙しい時に酒なんか飲んでいたら息子さん夫婦に叱られるよ」

「何遠慮しているの、剣さんが来ると話した時から息子たちは諦めているよ。それよりも焼酎飲みの剣さんが、この『七笑』は好んで飲むのには訳があるんだろう」

「うん、若い頃に木曽の妻籠宿に旅をしたんだけど、〈尾張屋〉という民宿に泊まって、そこの美人の女将さんに木曽節を唱ってもらいながら、この『七笑』をご馳走になったことがあって、これを飲むとあの木曽節と女将さんを思い出すんだよな」

「へぇ、剣さんにもそんな艶っぽい思い出があったなんて、なかなか隅に置けないね」

二人はたわいのない昔話を肴に、発電機の停まる時間まで『七笑』を酌み交わした。

翌朝、喉の渇きで目を覚ました剣は、枕元のスポーツドリンクを飲むとザックを背負い、物音を立てないようにして〈白駒荘〉の外に出た。そして、桟橋の上に三脚をセットすると、EOS5DマークⅢに24～70ミリレンズを付けて夜明けを待った。さすがに肌寒く、剣はザックからゴアテックスのレインウェアを出すと着込んだ。しかし残念なことに空にまったく雲がなく、朝焼けは撮れなかったが、池を取り囲む針葉樹の森と湖面から生まれる靄が見せる、青く幻想的なシーンに剣は感動した。剣が撮影を終えて〈白駒荘〉に戻ると、紅葉のシーズンとは比べ物にはならないが、数人のカメラマンが休んでいた。

「剣さん、コーヒーが入ったよ」

食堂のサッシを開けて龍野が声を掛けてくれた。剣は「ありがとう」と言うとそれを受け取り、小鳥のさえずりに耳を傾け、湖面の靄の動きを眺めながら夜明けのコーヒーを味わった。「夜明けのコーヒー二人で飲もうとあの人が言った……」と剣は口ずさみながら、若い頃、何気なく歌っていた詩の意味の深さを感じていた。

「では九時に役場の駐車場で待ってますよ」

剣はザックを背負い白駒の池周遊道をゆっくりと歩くと、すれ違う観光客とあいさつを交わしながら、時々立ち止り、苔の森を丁寧にカメラに収めていった。そして時間を見計ると駐車場に戻り、ランドクルーザーに乗り込んで、佐久穂町の八千穂庁舎に向かい駐車場で龍野を待った。

「やあやあ、遅くなりました。それにしても下界は暑いね」

龍野はタオルで汗を拭きながら現れた。

「じゃあ、役場で聞いてみようか？」

龍野の声に剣も頷き庁舎に入った。龍野は若い職員に「おはよう」と声を掛けながら、支所長のところに行くと二言、三言告げた。支所長は剣にも椅子を勧めると住民課の課長を呼び、指示を与えた。課長は住民台帳を調べたのだろう、すぐに戻って来るとメモを支所長に手渡した。

「龍野さん、お尋ねの小宮山小百合さんは昭和四十三年一月に住民票が職権抹消されていますよ。ただ弟さんが小宮山家を継いでいますから、詳しい話はそちらで伺ったらどうでしょうか？」

剣は支所長の言葉で、小宮山が奥只見で行方不明になり、住民票が抹消されたと解釈した。どうやら、小宮山は星新一郎の祖父の言葉通り、奥只見で遭難したらしい。龍野と剣は支所長に礼を述べると庁舎を出た。その時、剣の携帯電話が鳴った。新潟新聞の東山からだった。

「遅くなってすみません、資料室で縮刷版を調べましたら、昭和三十六年八月三日の朝刊に〝奥只見で女性遭難か〟の見出しで、簡単な記事が載っていました。これでよろしいでしょうか？」

「はい、それで結構です。お忙しいところありがとうございました」

「ところで剣さんは、この記事が北條さんの事件に関係あるとおっしゃっていましたが、その辺を詳しく聞かせてもらえませんか？」

東山は新聞記者らしく剣に尋ねた。

「はい、しかし今の段階では東山さんにお話をするほどのことはありません。何かわかりましたら連絡します」

剣の返答に、さらに食い下がろうとする東山を無視して、再度礼を述べると剣は電話を切った。

「剣さん、小宮山家は国道の向かい側らしいから、車はここに置いて歩いて行こうか」

剣は頷くと龍野と並んで国道を渡り、小宮山の表札を確かめると玄関でチャイムを鳴らした。すると七十歳前後と思われる痩身の男性が現れた。白駒池の龍野ですと名乗り、剣も名乗った。

「突然お邪魔をしましてすみません。失礼ですが、昭和三十六年に新潟県奥只見で行方不明になった小宮山小百合さんの家はこちらでしょうか？」

見知らぬ男から、突然小宮山小百合の名前が出たことに男は警戒心を見せたが、「小百合は私の姉ですが」と答えた。龍野が同伴なので心を許したのか、玄関脇の応接間に招じ入れてくれた。

「私は小百合の弟の新太郎ですが、姉は半世紀以上も前に、新潟県の奥只見で遭難しました。それを今頃になってなんのご用でしょうか？」

「はい、実は訳あって昭和三十六年の七月二十五日頃に奥只見に入られた方を捜していましたら、銀山平にあった宿の宿帳に小百合さんのお名前を見つけました。それには職業欄に研究者と書いてあり、宿の人からボートで奥只見ダムを渡り、片貝沢方面に行かれたらしいということがわかりました。私もつい先日その片貝沢近くに行ってきましたが、急峻な山が迫り、登山というよりも探検と表現したくなるような険しい場所です。そんな場所に、一体どんな目的があって若い女性が行かれたのか、大変疑問に思いました。何かご存じではないでしょうか？」

剣は小宮山の目を見つめた。しかし小宮山は語ろうとはしなかった。そんな二人のやり取りを黙って聞いていた龍野が助け舟を出した。

「小宮山さん、古い話で触れたくない事情もあるでしょうが、剣さんは私の古い友人です。決して悪い人ではありませんし、興味半分でよそ様の家庭に土足で上がり込むような人でもありません。それはこの白駒荘が保証します。ですからご協力いただけませんか」

龍野の言葉で腕組みをして考え込んでいた小宮山が、口を開いた。

「姉のことは我が家では遠い過去の出来事となっています。ですから、今さら姉の話と言われましても、正直言って迷惑千万です。しかし他ならぬ白駒荘さんの口添えもありますから、あえてお話をします」

小宮山はむっつりとした表情のまま「よいしょっ」と席を立つと、しばらくして古い写真と、位牌を持ってきた。そしてこれが姉の小百合ですと、剣と龍野に見せた。つまり役場で住民票を職権抹消した時点で、小宮山家としては形ばかりの小百合の葬儀をして、ひとつの区切りをつけたのだった。セピア調の写真には、数人の子どもたちに囲まれて微笑む美しい女性が写っていた。剣はその写真を手に取って小宮山に言った。

「写真を拝見していますと、まるで木下恵介さん監督の映画『二十四の瞳』の大石先生と子どもたちのようですね」

さりげない剣の言葉に小宮山が敏感に反応した。

「姉は教員をしていました。千曲川上流の北相木村《きたあいきむら》の分校でした。写真はその頃のものです」

「えっ、研究者ではなくて分校の先生でしたか?」

剣は驚き龍野と顔を見合わせた。

「しかし、宿帳には教員と書かずに研究者と書いてありましたが……。教員の傍ら何か専門的なことを研究されていたということですね」

「そうです、姉は先ほどの『二十四の瞳』の大石先生ではありませんが、戦争を大変憎んでいました。いや何人もの知人を失った悲しみからむしろ恨んでいたと思います。日本は二度と過ちを犯してはならないと、口癖のように言っていたことを覚えています。同時に、愚かな大戦へと導いた旧帝国陸軍の研究をしていました。その過程で旧陸軍機の墜落事故を知り、当時の新潟県小出町、湯之谷村に出向いて調査をしていたんです。ですから秘境と言われていた奥只見にも、その関連で入ったのだと思います。そして、二度と帰っては来ませんでした。両親もこんなことになるのならば、腕ずくでも奥只見に行くのを止めるべきだったと、随分と悔やんでいました。学校では子どもたちにも親御さんたちにも慕われて、心の優しい姉でしたが、戻って来なければ意味がありません。残念でなりません」

小宮山は遠い過去を見据えるように、窓越しに青く澄んだ空を見つめていた。

剣は小宮山の話を聞いていて、熱く込み上げるものを感じた。二人は礼を述べると帰り際に線香をあげて、八千穂庁舎の駐車場に戻った。

「剣さん、目的は果たせたかな？」

すぐに龍野が口を開いた。

「いやあ、ありがとうございます。お世話になりました。お蔭で話が聞けて助かった」

「それなら、良かった。むかしの人は他所の人にはなかなか心を開かないとこがあるから。それにしてもこんな身近なところに、まるで小説のような出来事があったなんて、正直まだ夢を見ているようだよ」

「うん、奥只見で小宮山小百合さんのことを見つけたときに、なんで若い女性が、しかも単独行で険しい山域に分け入ったのか疑問だったし、単純に驚き理解できなかった。でも、弟さんから話を聞いて、小宮山小百合さんが戦争を憎み、大戦に導いた旧帝国陸軍の研究に並々ならぬ執念を燃やしていたことがわかった。こうしたことは戦争の悲惨さ、愚かさを体験した人でないと、理解に苦しむかもしれないね」

　戦後生まれの剣と龍野は顔を見合わせた。

「ああ、今の俺たちのように平和ボケしてしまった人間は、多くの民間人までもが犠牲になった沖縄戦、広島、長崎に投下された原爆さえ、単に過去の出来事として記憶の隅に追いやってしまって、平和のありがたさを忘れがちで……。こんなことでは尊い命を捧げた英霊に申し訳ないよね」

　白駒荘の龍野は自戒を込めて呟いた。そして、

「さて、俺は小屋に帰るけど、剣さんはどうする?」

「せっかく貴重な話を聞いたから、この足で新潟に向かおうかな」

「えっ、新潟? まぁ、剣さんの性格ではそうだろうな。くれぐれも安全運転で行ってくださいよ。

それから秋には必ず寄ってよ。そうでないと麦草峠《むぎくさとうげ》を通さないからね」

剣は「必ず」と答えるとランドクルーザーに乗り、白い噴煙をたなびかせている浅間山を眺めながら、国道一四一号線を佐久市に向かった。そして上信越道の佐久ＩＣの手前で亜季に電話した。

「剣です。突然で悪いけど、今日の午後三時頃に長岡市の〈悠久苑〉まで来られるかな？」

剣の電話に亜季は二つ返事で答えた。

剣は昨日来た時と同じく上信越道、国道一　七号線と走り、越後川口ＩＣで関越道に乗り、長岡ＩＣで降りると、市内の写真店に寄った。そして小宮山家で複写した小百合の写真を２Ｌサイズに三枚プリントして、改めて見た。

白いブラウスにスカート、肩まで伸びた黒髪、小宮山小百合は単に美しいだけではなく凛とした気品さえも漂っていた。それにしても一人で片貝沢に向かうとは、あまりにも無謀な行動ではなかったろうか。剣は写真をグローボックスに入れると悠久山公園に向かった。そして剣が車を停めてタバコに火を点けた時に、携帯電話が鳴った。

「もしもし、なんだ横堀君か」

「なんだはないでしょう。私からの電話がご迷惑でしたら切りましょうか？」

「あのね横堀君、いくら君が脇田さんの部下であってもさ、そういう嫌みなところは真似しなくていいんだよ。それよりも刑事課長どのから直接電話とは、捜査に進展がありましたね」

「はい、実は岩長からの報告で例の心中事件を、心中を装った殺人事件と断定して捜査を開始したそうです。なんでも、どなたかの印籠効果ではないかと、岩長は笑っていましたよ」

「本当かい？　それは何よりだね。それで進捗具合はどうなの？」

「はい、まず自称フリーライターの黒田裕次郎ですが、こいつはとんでもない悪党でして、年に数本は旅行雑誌に旅のルポなどを書いていましたが、ほとんどは芸能人やスポーツ選手、それから時には政治家のスキャンダルを探しては、それをネタにゆすりを働いて生計を立てていました。だから高級車のレクサスなんかを乗り回していたんですね。それから次に〈朱鷺色〉のママ、星崎茜ですが、かつて新潟新聞社の津幡巌社長のガールフレンドでしたが、同氏が春先から老健施設に入所したために、その後は疎遠になっていたようです。ただあれだけの美貌ですから、言い寄る男は絶えなかったみたいですね」

「ほう、津幡社長のガールフレンドだったとは、意外だね」

「それから〈朱鷺色〉の客の話ですと、黒田も星崎を目当てにたびたび店に通い、その都度何らかのプレゼントを渡していたそうです。それが功を奏したのかどうかはわかりませんが、黒田と星崎は何度か一緒のところを目撃されています。ただ殺人の動機、どちらが北條さん殺しを持ちかけたのかなどはまだわかっていません」

横堀の少し長めの説明を聞いた剣は、役者が揃ってきたと手ごたえを感じていた。

「なるほどね。いや、ありがとう。お蔭でだいぶ登場人物が繋がってきたよ。あとは、二つの殺人事件と北條さんの取材がどう繋がるかということだが……、取材の全容もわかっていないし、まだまだ謎が多いね」

剣のトーンが下がったことを感じた横堀は、

「ともあれ、捜査も終盤だと岩長は張り切っていましたから、剣さんはご心配なさらないでお仕事をしてください」

と言うと電話を切ったが、剣は携帯電話を握ったまま脳裏に一連のストーリーを描いていた。


約束の三時少し前、亜季が父の車でやってきた。剣は亜季が手にしている花束を見ると、亜季の優しさを感じた。二人は受付で見舞いの手続きを済ませると、一度訪れた津幡の部屋に入った。津幡はひとりで車椅子に乗り、サッシ越しに庭を眺めていた。夫人の姿はなかった。亜季が優しく「こんにちは」と声をかけると津幡が振り向いた。さらに亜季が笑顔で話しかけた。

「お庭をご覧になっていたんですか？」

亜季の言葉に津幡も笑顔で頷いた。

「お花がきれいですね」

亜季がそう言うと、応じるように津幡は窓越しのダリアと小さなヒマワリを指差した。亜季は近づくと持参した花束を手渡した。それを津幡も笑顔で受け取った。そんな津幡に剣が声をかけた。

「お加減はいかがですか？」

津幡は笑顔のまま頷いた。

「津幡さんは社長さんですか？」

津幡はまた頷いた。剣は持参した小宮山小百合の写真を手渡して見せた。

「この女性をご存じですか？」

途端に津幡は手を、さらに身体を震わせ始めると写真を投げ飛ばし、

「この女は、この女は、許してくれ、俺たちが悪かった……」

大声をあげてうめき出した。慌てた剣は落ち着かせようとしたが、津幡は大声を張り上げてわめくだけだった。そんな騒ぎを聞きつけたのか職員が二人飛び込んできた。

「どうしました、津幡さん？」

職員は必死で鎮静化を試みたが、津幡は相変わらず訳のわからない言葉を吐き散らしていた。やむなく一人の職員が車椅子を押し「先生に」と部屋を出ていった。

残された剣と亜季は事務所に連れていかれた。

「入所者様を興奮させては困ります。一体何をなさったんですか？」

師長らしき女性から詰問された。

「申し訳ございませんでした。実は津幡さんにこの女性はご存じですか、と写真を見せてお尋ねをしましたら、いきなり大声でわめき出してしまい……。ともかく申し訳ないことをしました」

剣は深々と頭を下げて謝った。

「この写真ですか……。でもずいぶんと古い感じがしますね」

女性はしみじみと写真を眺めて言った。

「はい、おっしゃる通り古い写真です。撮影した年は、はっきりとはわかりませんが、半世紀以上前に撮られた写真です」

「そうですか、そんな古い写真を見て一体、津幡さんはどうしたんでしょうかね。もしかすると、若い頃の記憶が一瞬蘇ったのかな。こんなきれいな方ですから津幡さんの恋人だったのかしら。もしそうだとしたら、津幡さんも隅に置けない方ですね」

次々に勝手な想像を巡らす女性に剣が尋ねた。

「認知症の方でも、若い頃の記憶を呼び戻すことがあるんですか？」

「ええ、最近のことよりもむしろ昔のことのほうがよく覚えています。例えば幼年期や青年期の出来事を、それこそ何かのきっかけで思い出すケースがよくあります。ですから、先ほどの津幡さんもそのケースとも考えられます。しかしですね、それはそれとして、こうした施設の中では入所者様をむやみに刺激しないことが大事です。これからは十分な配慮をお願いします」

剣と亜季は何とか無罪放免になり、悠久山公園近くの喫茶店に腰を下ろした。

「それにしても私、驚きました。始めはあんなに穏やかなお顔で庭をご覧になっていたのに……」

亜季はアイスティーをひと口飲むと言った。

「私もあれほどの展開は予測していなかったから、驚いたね」

「先ほどのお写真はどなたですか?」

「あの女性は小宮山小百合さんと言って、昭和三十六年七月に奥只見で失踪した人だよ」

剣の口から奥只見の言葉を聞いた亜季は、驚きの声を上げた。

「奥只見って、まさか剣さんは木曽で畠山さんからお聞きしたことを調べたんですか? そして、その写真の女性にも何か関わりがあるということなんですか?」

普段はピアニストらしくもの静かな亜季が、目の色を変えて質問してくるのに剣は面食らったが、奥只見湖の奥にある片貝ノ池に行ったこと、そして長野県の小宮山家を訪ねたことなどを話した。

亜季は話を聞きながら、自分の知らないところで剣が黙々と調べていたことに、感謝と驚きを感じてしみじみと剣を見た。

「話を続けると、黒田と星崎の心中事件を、警察は心中事件に偽装した殺人事件として捜査しているんだ。亜季さんも知ってる通りこの二人は、北條さんの事件の重要参考人として警察が捜していた人たち。つまり北條さんを含め三人が殺害されたということ。テレビドラマ的に言えば連続殺人事件だよ。だから警察も黒田と星崎の交友関係を中心に躍起になって捜査をしているところなんだ」

「では父の車に隠されていた一千万円はどうなのでしょうか……」

「そうだね、袋にあった北條さんのメモから、お金を渡した人が鬼沢代議士と安達頭取の二人だと考えられるけど、それを立証できるかちょっと難しいとこだね」

「でも、先日警察に行った時に袋の指紋鑑定をお願いしてあるから、二人かどうかは簡単に調べられるのではないですか？」

　亜季は剣の顔を覗き込んだ。

「理屈はそうだけど、鬼沢代議士と安達頭取がそう簡単に応じるかどうかは疑問なんだよ。例えば、いきなり警察が亜季さんを訪ねてきて、指紋を採らせてください、と言われても、はい、ご苦労様です、と応じないだろう？　現在は個人のプライバシーは厳格に保護されているし、たとえ警察の捜査とはいえ、確たる理由がなければ拒否するよね。また警察自体そんな無謀なことはしないだろう。ましてや今回の場合、相手が影の総理と言われている大物政治家、かたや日本銀行協会会長だよ。つまり経済界の大物なんだ。警察、特に上層部は神経質になり、慎重になるだろうね」

「では、警察は何もできないということですか？」

「そうは言ってないよ。ただ警察が指紋の照合をするには、それなりの理由がなければ難しいってことを言いたいんだ」

剣の話に納得できない亜季は、不満そうな表情を見せた。そして質問を変えた。

「ところで、剣さんはなぜ〈悠久苑〉に私を呼んだのでしょうか」

剣はタバコを取り出して火を点けると、亜季の質問に答えた。

「私ひとりで津幡さんを訪ねるよりも、亜季さんのような美しい人が一緒のほうが、津幡さんが余分な警戒をしないで会ってくれるかなと思ったからだよ。現に、亜季さんと話している津幡さんは嬉しそうにしていたでしょ。もっとも私が小宮山小百合さんの写真を見せたために、台なしにしてしまったけどね。それからもう一つ、これまでの経過を亜季さんに伝えておきたかったのもあるんだ。そして一連の事件の解決もそう遠くはないということもね」

剣の最後の言葉に亜季は驚いた。

「えっ、事件の解決が遠くないとはどういう意味ですか?」

「意味? 特に意味はないよ。私は近いうちに事件は解決するだろうと考えているから、素直に伝えたまでだよ」

「そんな……、剣さんのお話はいくつか矛盾しています」

「矛盾してる?」

「だって大物政治家や大物経済人が相手では、警察の捜査が慎重になるとおっしゃったでしょ」

「その通りだね」

「じゃあなぜ、事件が解決するんですか？　それって大きな矛盾ですよね」

「私は警察の捜査については慎重になると言ったけど、私自身の調査については話してないよ。つまり警察は警察で私は私ってこと」

剣は笑顔で亜季を見つめた。

「私には剣さんのおっしゃっている意味がわかりません。それから警察がダメならば、剣さんが事件を解決するというようにも取れました。大変失礼ですが、剣さんは一体どういう方ですか？」

亜季は首を傾げて幾分疑い深い顔で尋ねた。

「そうですか？　それではいましばらく時間をください。それから、私は見ての通りの一介の写真家さんですよ」

剣は戯け気味に答えたが、亜季はキツネにつままれたような顔で剣を見た。

「そうそう、一両日中に上京することになると思うけど、亜季さんも同行してもらえるかな？」

「一緒に東京ですか？　私は構いませんが、どんな用向きでしょうか」

「そうだね、それはその時に話すよ」

剣はテーブルの伝票を摑むと腰を上げた。

「では、気をつけてお帰りください。今日はご苦労様でした」

悠久山公園で亜季を見送った剣は、関越道で帰路に就いた。

「どうでした天城は？」

　夕食の支度の手を休めて梓が聞いた。

「うん、栗田さんと丸山に登ったけど、恵みの雨どころか土砂降りの雨になってしまって、その上に風が強くて、時折枝が落ちてきたりして苦労したよ」

「あらそう、でも雨を狙って行ったんでしょうから、贅沢を言うと天の神様にバチを当てられますよ。それから帰ったらいつものサロンに来て欲しいと、脇田さんから電話がありましたよ」

「脇さんから、何だろうな」

「何をとぼけているの、脇田さんからの電話は飲み会以外にないでしょう。お疲れならばお断りしたらよろしいのに」

「そんなことは言えないよ。もし良かったら一緒に行かないか？」

　剣は梓のご機嫌を取ろうと誘った。

「まあ、珍しいこともありますのね。でもね、今夜はＮＨＫ ＢＳで観たい洋画があるから遠慮します。脇田さんによろしくお伝えください」

　結局、剣はいつものように梓に送られて、通称・高級サロン〈仙石〉に入った。そこには脇田だけではなく横堀と大岩も待ち構えていた。

「真打ち登場だね」

脇田が剣に席を勧めた。

「早速だけど、相変わらずのご活躍ですね」

脇田はビールを注ぎながらニヤリとした。

「なんですか藪から棒に」

剣はビールを旨そうに飲み干すと反論した。

「またまた、おとぼけ遊ばして。剣さん、オレ様の目は節穴じゃあないよ。早いところ白状したほうが楽になるって」

脇田もビールを飲みながら言った。そこに横堀が割って入った。

「剣さん、すでに部長はご存じですから、剣さんの口から直接お話しください」

横堀の言葉に四人は声を出して笑った。

「白状するよ。先日、奥只見の旧陸軍機墜落の話をしたよね。それが気になり再び奥只見を訪ねたんだ。そして新たな疑問が生まれたので長野県八千穂村、いまの佐久穂町まで行った……」

いつものごとく剣の長い説明が終わったが、やはり誰もすぐには言葉を発しなかった。剣は自分でビールを注ぐと喉に流し込んだ。その時やっと横堀が口を開いた。

「私が言っていいのかわかりませんが、いろいろとご苦労様でした。正直警察としては剣さんのような捜査、いえ調査はなかなかできませんが、先日のお話と、今夜のお話を伺いまして大いに興味をそそられました。つまり陸軍機、小型機のほうですね。それから三人の学生、現在の鬼沢代議士、安達頭取、それから津幡前社長、さらに、半世紀前に行方不明になった小宮山小百合さん。この小宮山さんの写真を見た時の津幡氏の狼狽ぶりから、約五十年前の奥只見片貝沢付近で、四人が何らかの接点を持ったと推測されるということですね。そしてそのことが北條氏殺害事件、心中に見せかけた殺人事件解決の鍵だと。そうですね」

横堀の言葉に剣は「そうだ」と言って深く頷いた。

「では、私どもが得ている情報ですが、これは直接捜査に当たっていますす岩長からお話しします」

横堀は目で大岩を促した。

「それではお話しします。まずフリーライターの黒田裕次郎ですが相当なワルですね。黒田から金銭をゆすり取られたと思われる人を片っ端から当たりましたが、殺されて当たり前、オレが殺してやりたかったなど、黒田の死を悼む者は一人としていません。次に星崎茜ですが、先ほども名前が出ました新潟新聞社前社長の津幡氏とは、長い間愛人関係にありました。そんなことから、津幡氏は会社の幹部などを〈朱鷺色〉に連れて行ったようです。このあたりが北條さんとの接点だと思います。それでこの星崎茜ですが、やはり金には特別執着していたようで、津幡氏以外にも数人ほど特別な関係の人間がいたようです。しかも、黒田とも親密な関係ということです。それから、北條氏に対して恨みを持っていたということもなさそうです。そんなことから、北條氏殺害については、黒田が星崎を金で誘ったものと考えられます。ただ、どんな理由で黒田が星崎を誘って北條さんを殺害しようとしたのか、動機を含めて肝心な点がわかっていません。また、黒田と北條さんの間にトラブルがあったという事実もないようで、誰かに頼まれて殺したんじゃないかというのが本官の感想です。次に、青酸性毒物の入手ルートについてはまだつかめていませんが、ネットで簡単に入手できる時代ですから、入手先を特定するのはなかなか困難かもしれませんね。そして北條家に入った空き巣事件ですが、こちらはお手上げ状態です。最後に北條氏の車から発見された現金ですが、それぞれの袋に数人の指紋を検出しましたものの、北條氏以外の指紋については照合ができていません。剣さん流に言えば鬼沢代議士、安達頭取の照合を急ぐべきでしょうが、今の段階で強制的なことは難しいと思います」

そう言うと大岩は、テーブルのウーロン茶を一気に飲み干した。

「なるほど、警察の皆さんもご苦労が絶えませんね。ところで横ちゃんにお願いがあるんだけど」

「捜査に関してですか？」

横堀は大岩と顔を見合わせた。

「黒田裕次郎の輪郭はおおよそ理解できた。そこで調べてもらいたいんだけど、ゆすりを生業にしていたような中で、旅行雑誌には旅のルポを寄稿していたみたいだね。こんな言い方は語弊があるけど、出版社は写真や文章など原稿を依頼する場合は、ある程度の人物調べをするものなんだ。私も原稿を頼まれることがあるから、そんな話を編集者から聞いたことがある。つまり警察の世話になるような問題のある人間には、まず原稿依頼はしないと思う。それなのに一種の隠れ蓑的に仕事をしていた。だから、黒田に仕事を出していた出版社を調べて欲しいんだ」

「その出版社が黒田に殺人を依頼した可能性があるということですか？」

「それはわからないけど、こんな男に仕事を出すなんて何か関係があるかもしれないから。岩長も言っていたけど、黒田と星崎が殺害された事実から、北條さんの殺害は二人の意思ではなく、他の第三者からの依頼によるものと私も考えている。この場合、二人の経歴から黒田が殺人の依頼を受けたと見るのが一般的だろう。北條さんの尾瀬行きのスケジュールは、事前に新聞にも載っていたし、あるいは、〈朱鷺色〉で飲んだ際に直接北條さんから聞いたかもしれない。いずれにしても黒田が何らかの報酬、おそらく金を握らせて星崎を共犯者にしたと考えるのが素直なところだろうね。さらに、星崎にしてみれば、これを機会に黒田から引き続き金を取れるともくろんだのかもしれないよ。つまり二人の利害関係が一致しての犯行ってこと。しかし、その願いもむなしく二人は口封じのために殺されたというわけさ。横堀君はどう思う？」

　剣は現場で指揮を執っている横堀に水を向けた。

「そうですね、黒田にも星崎にも北條さんを殺害する動機がまったく浮かんできませんし、黒田にゆすられていた人を一人ずつ当たりましたが、殺してやりたい、殺したかったという者は数人いたもののの、すべて当日のアリバイがあり、黒田・星崎殺しの具体的な人物も浮かんではきません。そうなると、剣さんのおっしゃるように、黒田が誰かに北條さんの殺害を依頼されて星崎を共犯に誘い殺害、そして二人とも口封じのために殺されたとみるのがすっきりしますね。わかりました、早速、黒田に仕事を出していた出版社などを調べさせます」

　横堀は指揮官らしい表情で答え、大岩と共に署に戻っていった。

　そんなやり取りを黙って聞いていた脇田が口を開いた。

「私も同意見だね。そうなると剣さんが着目したように、事件直前の北條さんの取材の謎を解かないことには、この事件の解決は望めないことになる。ということは陸軍機の墜落事故と、半世紀以上前の学生の行動、小宮山小百合さんの遭難が、俄然重みを増してくることになるな」

　脇田は自説を述べながら腕を組むとうなり声を上げた。そんな脇田に追い打ちをかけるかのように、剣が話した。

「一つ言い忘れたけど、最初に亜季さんと施設に津幡さんを訪ねた時に、いきなり、〝北條君はまだ来ないのか〟〝陸軍機のお宝だ、早く北條君を呼べ〟と何度か大声で叫んだんだよ。これはあくまで私の推測だけど、北條さんは津幡さんを見舞った時に、偶然陸軍機の墜落事故を知ったんじゃないかな。そして興味を抱いて取材活動を始め、見舞いのたびに津幡さんにもそれとなく尋ねた。そんなことから津幡さんの中にも陸軍機の墜落事故が鮮明に思い出されたのではないだろうか」

「私は認知症に関する知識がないから正確なコメントはできないが、認知症のお年寄りは、今食べたことは忘れても子どもの頃のことや、青年期のことは割とよく覚えていると聞いたことがあるよ」

「そうみたいだね。他には時々ハッキリ思い出すこともあるみたい。津幡さんが認知症になった今でも時々陸軍機のお宝を口にするということは、余程深く刻まれた記憶だったのかもしれないね」

「記憶の中でも割と心地よいことをよく覚えているそうだから、陸軍機のお宝というのは津幡さんにとってワクワクするような話だったのかもしれないな」

「うん。津幡氏は学生時代に奥只見で他の二人とマタギの平野熊造さんを助けただろう。そして陸軍機の秘密を教えられた。この秘密が〝陸軍のお宝〟だよね、じゃぁどんなお宝だったのかというと、金塊とかダイアモンドじゃないかと思うんだ。その理由は、墜落事故から三人がこの話を聞かされるまでには、二十年以上もの歳月が流れているから、戦前の紙幣とは考え難い。そうなると、金塊とかダイヤモンドなどが思い浮かぶけど、どうかな?」

　剣に意見を求められた脇田は苦笑いをすると答えた。

「話としては面白いよ。しかし戦前の陸軍機がそんなお宝を積んでいただろうか。しかも大型輸送機ではなく小型機だろう。操縦士のスペース以外にあんまり物を置く場所はないように思うけど」

「だよね。私も飛行機の知識はゼロに等しいよ。まして戦前の陸軍機などは皆目見当が付かない。せいぜい脇さんが今言ったように、狭いスペースしかイメージできない。だからこそ、金やダイヤモンドといった貴金属の可能性が濃厚じゃないかなと思うんだ」

　剣は自説を説いた。

「なるほど、そういう考え方も成立するか。ともかく、その陸軍機関連は剣さんにお任せするとして、われわれ警察は黒田の線を徹底的に洗い一日も早い事件解決を目指すよ」

　脇田のひと言が結びとなり、その後はいつものように二人でドリンクタイムを楽しんだ。


　朝から写真の整理をしていた剣だが、やはり事件のことが頭から離れず落ち着かない時間を過ごしていた。剣は吹かしていたタバコを灰皿にもみ消すと携帯電話を取り出し、電話を入れた。

「もしもし、剣です。ご無沙汰をしています。すでにお聞きになっているとは思いますが……。事件の全容は摑めました。はい、これなら大丈夫だと思います。ではよろしくお願いします」

　電話を終えた剣は梓に声を掛けた。

「ちょっと玉原《たんばら》に行って来るよー」

　二階から「はーい」と返事が返ってきた。剣はランドクルーザーに乗り込むと、上発知《かみほっち》材木町線をゆっくりと走らせた。そして日本一の天狗の面で知られる迦葉山《かしょうざん》への道を左に分け、さらに進み、強清水《こわしみず》で車を停めた。そして長靴に履き替え、涼やかな音を立てる強清水の滝の流れを撮影した。

　次いで道路の反対側を流れる発知川を覗くと、ラムダのシューティングザックの中にEOS 5

強清水の滝（群馬県沼田市）

Dマーク㈽に16〜35ミリレンズ付け、180ミリの望遠マクロレンズを入れると、片手にハスキークイックセットを持ち、慎重に斜面を下った。

発知川は利根川の支流・薄根川《うすねがわ》のさらに支流で、十キロそこそこの流れだが、深い緑に覆われ苔むした大小の石を縫うように流れるその様は、ミニ奥入瀬渓流とも言われている。しかし川床に降りる道がないことと、道路からは木々に阻まれて見えないことから、隠れた撮影スポットとなっている。

剣はそんな発知川を下流から上流へと丁寧に撮り上げて、一時間ほどで車に戻った。長靴を脱ぎ、ランドクルーザーに装備されている冷蔵庫からスポーツドリンクを取り出して飲むと、玉原のブナの森に向かった。

玉原のブナの森は、首都圏に残る原生林としては規模が大きく、訪れる人が絶えない。剣は駐車場に車を停めると、ラムダのカメラザック〈檜ヶ岳〉にEOS5Dマーク㈽と16〜35ミリ、24〜70ミリ、70〜200ミリ、そして100ミリのマクロレンズに300ミリの望遠レンズまでの完全装備をすると、夏の陽光に射されながら舗装された道を歩き出した。

やがて樹齢が一〇〇〜二〇〇年といわれているブナの道に入ると、それまでの蒸し暑さが嘘のように消えて、緑の葉を風が擦り合せる音が心地よかった。剣は最初の撮影予定地に着くと、ザックを降ろして腕時計を見た。そして亜季に電話した。剣はひと通りのあいさつを済ませると、用件を告げた。

「突然だけど、明日、一緒に上京してくれるかな?」

亜季も事前に聞いていたためか、二つ返事で了解した。

電話を切った剣は撮影を開始すると、一本のブナ巨木の根元に目が止まった。近づいて見ると、忙しく飛び回るニホンミツバチだった。驚いた剣はマクロレンズに変えると、地面に這いつくばるような格好をして、その様子をカメラに収めた。長いことブナ原生林巡りをしている剣だが、久しぶりに目にしたニホンミツバチの姿に感動したのだ。その後、ブナ平、通称・ブナ地蔵など、緑にむせながら三時間ほどの撮影を済ませて駐車場に戻った。そして汗で濡れたシャツを着替えると、ゆっくりと梓の待つ我が家に帰った。


剣は、冷や奴、枝豆、キュウリと茄子の漬け物、そして剣自らが作った特製のイカの塩辛とニンニクの醤油漬け、『ダバダ火振』のお湯割を楽しみながら、事件の発端となった尾瀬、亜希と再会した十和田湖、そして調査で飛び回った新潟・長野県上松町・八丁穂村(佐久穂町)と、長かった日々を振り返っていた。妻の梓は若い頃に一緒に観た映画『卒業』をDVDで鑑賞していた。

北條さんを殺害したのは九分九厘、黒田と星崎だろう。そしてこの二人も何者かに北條さんと同様に青酸性毒物により心中事件を装って殺害された。この二つの事件の発端は北條さんの取材、っまりは奥只見で起きたもう一つの陸軍機墜落事故。お宝、三人の学生、そして小宮山小百合に関係している……。剣の頭の中をこれらのことが繰り返し、まるで回転木馬のように回っていた。しばらくして剣は新しいお湯割を作ると、ともかく明日はっきりすると自分に言い聞かせた。

第七章——半世紀前の真実

奥只見（新潟県魚沼市）

翌日、早起きした剣は、上州武尊山《じょうしゅうほたかやま》、谷川岳《たにがわだけ》、赤城山《あかぎさん》、榛名山《はるなさん》、妙義山《みょうぎさん》、草津白根山《くさつしらねさん》、子持山《こもちやま》などの山々を眺めながら、久々に犬のクロとの散歩を楽しんだ。そして帰宅すると朝風呂に入り、上京の準備をした。梓はネコの額ほどの菜園に、ホースで盛んに水やりをしていた。

「よう、時間だから送ってくれよ」

剣の声で作業を止めた梓は、「本当に大きな車ね」と言いながら、小さな身体をランドクルーザーの運転席に滑り込ませるとJR上毛高原駅まで送ってくれた。

「今夜はお客さんを連れて来るから、何か手料理でもてなしてよ。それから客間に布団も頼むよ」

「えっ、お客様？　一体どなた？」

「それは今夜のお楽しみ。ともかくよろしく」

剣は梓に手を振りながら、駅舎に入ると軽やかな足取りで上りホームに駆け上がった。電車はすぐに着き、剣が約束の車両に乗り込むと、亜季が笑顔で駆け寄ってきた。今日の亜季は隣の席に腰を下ろしたものの、しばらくは何となく落ち着かなかった。そんな亜季が剣に尋ねた。

「剣さん、私は何も伺っていませんが、今日はどちらにご一緒するんですか？」

「そうだったね、亜季さんには話してなかったよね」

剣は話し始めた。

「今度の事件を解明する大きな鍵は、奥只見にあると考えているんだ。熊造さんから陸軍機のお宝の話を聞いた三人の学生、つまり鬼沢代議士、安達頭取、そして津幡前社長がポイントになる。しかし亜季さんも知っているように、津幡さんの記憶を紐解くことは難しい。そうなると残りの鬼沢、安達両氏に聞く以外に道はない。だから両氏に直接お目にかかって、話を伺いたいと考えたんだ」

剣の口から鬼沢、安達の名前が出た途端、亜季は目を丸くして剣を見た。

「剣さん、失礼ですけど、鬼沢代議士は大物政治家で、それから安達さんは大手銀行の頭取さんで、銀行協会の会長さんでしょ。そんな方に直接お会いすることができるんですか？　わかった、ご冗談なんですね？」

亜季の顔は驚愕から疑心に満ちた顔に変わった。

「冗談じゃないよ。本当にその予定で亜季さんと新幹線に乗っているんだよ」

剣は平然と答えると笑顔で亜季を見た。

剣と亜季を乗せた上越新幹線ときは、定刻に東京駅に着いた。ホームは夏休みを利用して、上信越や東北方面にレジャーに向かう家族連れ、若いグループで賑わっていた。二人は山手線に乗り換えると有楽町駅で降り、皇居二重橋方面へ歩いて、あるビルに入った。

エレベーターに乗った剣は七階のボタンを押した。ドアが開き、厚い絨毯の敷かれた上を右側に歩き、三つ目のドアをノックした。ドアはすぐ開きスーツ姿の屈強な男性が顔を見せた。剣がその男に「剣です」と名乗ると、二人は部屋の中に通された。

男は、

「しばらくこちらでお待ちください」

と、剣と亜季にソファーを勧めると一礼して出ていった。二人は顔を見合わせると並んでソファーに腰を下ろした。しかし時間が十分、二十分と経過しても誰も現れない。亜季はしきりに腕時計を気にし始めた。剣も内心「無理だったたか……」と感じてきたが、しかしその不安を抑え目を閉じて待つことにした。そして、かれこれ一時間ほどが経った時だった。ドアが開いた。

「やあ、しばらく。すっかりお待たせをしたね」

背が高く骨格がしっかりした紳士が剣に言葉を掛けた。

「こちらこそ、すっかりご無沙汰をしています」

剣も丁寧にあいさつをした。紳士は剣の後ろで緊張している亜季を見ると、

「そちらが北條亜季さんですね」

と剣に念を押した。それに剣も頷いた。紳士は亜季に近づくと表情を和らげ、

「初めまして、私は警察庁官房長の越前《えちぜん》と申します。剣君とは古い友人です。ご安心ください」

亜季は、官房長が役所の中でどのくらいの地位なのかわからないが、仕立ての良いスーツといい上品な物腰といいかなりの地位だととっさに判断した。

「こちらこそ、初めまして、北條亜季と申します。よろしくお願いします」

越前は笑顔で頷くと、剣と亜季を別室に案内した。そこには二人の男性がいた。一人は剣だけではなく、亜季にも鬼沢代議士とすぐわかった。テレビで見る表情とは違い、いくぶん威圧的な印象だ。すると、もう一人が安達頭取だと判断した。越前は二人に剣と亜季を紹介するとソファーを勧めた。剣と亜季はそれぞれ名乗った。二人も鬼沢、安達と名乗ったが、いかにも迷惑そうな表情だった。

「越前君、君のたっての願いだからこうして時間を作ったんだよ、早いところ用件を済ましてくれないかね」

鬼沢が越前に催促した。安達も頷いた。越前は、「承知しました」と答えると剣を促した。剣は立ち上がると二人に礼を述べてから語り始めた。

「お忙しい方々ですから、単刀直入にご用件をお話しさせていただきます。六月二十四日早朝、尾瀬沼のほとりで新聞社の編集委員であった北條大輔さんという方が、青酸性毒物により殺害されました。ここに同席していますす亜季さんのお父さんです。生前、北條さんが精力的に取材をされていたことについて調べましたら、戦時中、奥只見で墜落した陸軍機のお宝の話に繋がりました……」

はじめのうちは関係ない、迷惑千万だと不機嫌さを露骨に出していたが、奥只見の話が出たとき、二人の表情が一瞬だけ変わったところを写真家である剣の目は見逃さなかった。

奥只見（新潟県魚沼市）

剣は確信をもって話を続けた。

「お二人とも驚かれたようですね？　このお宝の話を、命を助けた御礼にと猟師の平野熊造さんから聞いた三人の若者たちが誰だったのか当然ご存じだと思いますので、話を続けます。先日、その若者の一人である津幡さんにお会いしました。そして、昭和三十六年に奥只見で失踪した若い女性の写真をお見せしたところ、『悪かった、許してくれ』と大変興奮され、驚きました」

その時、ガタっとソファーを動かす音がして鬼沢が席を立ち、威圧するような目で剣を見て言った。

「越前君に頼まれて仕方なく話は聞いたが、君の話は僕たちには全く関係のないことだ。これ以上話を聞いても無駄なのでこれにて失敬するよ。だいたい越前君、君ともあろう人がなんだね、こんなくだらない話を聞かせるために、僕らを呼んだのかね。君も将来は警察庁長官の椅子が約束されている人間だ。今後は慎重に行動したまえ」

捨て台詞とも言える言葉を吐いた鬼沢は、安達に目配せをすると部屋を出ていこうとした。安達もつられてソファーから立ちあがった。

剣は急いで二人の前に「これがその女性です」と言って、小宮山小百合の写真を出して見せた。鬼沢は睨んだままの目を一瞬写真に向けたがプイと横を向いた。ところが、安達の手がゆっくりと写真に伸びた。そして、

「奇麗な女性だったのに可哀想なことをした……」

と呟いた。

すかさず驚いた鬼沢が大声を出して安達を制した。

「安達やめろ、何一つ証拠がないんだぞ。だいたい五十年以上も昔の話なんだ、俺とお前が否定すれば何も知らなかったことになるんだ。恐れることとなんか何もないんだ、やめろ」

「鬼沢、もういいだろう。君も僕もいい歳になったし、奥只見のことを墓場まで持っていく必要もないじゃないか。そうだろう。それにあれは不可抗力だったたんだ。ここらで話してしまって重荷を下ろそうじゃないか」

安達は鬼沢の肩に手をやると、「さあ」と言ってソファーに座らせ、自分も腰かけた。そして穏やかな声で語り始めた。

「あなたの推測通り、私たち三人は平野熊造さんに陸軍機から見つかったダイヤモンドなど宝石のことを聞かされました。彼の話だと、宝石類は家族を狂わせると思い、パイロットの遺品とともに、片貝平のユキツバキに囲まれたブナの巨木の根元に埋めたそうです。そして、地図も書いてくれましたから、我々はすぐに見つかるものと、勇んで片貝平に登りました。しかし、昭和三十四年九月に、潮岬《しおのみさき》に上陸した伊勢湾台風の被害で、一帯のブナの多くが倒れていて、とても探しようがなかったのです。そしてあの日の昼過ぎのことでした。私たちが探すのを諦めてテント場に戻り残念会をしているところに、一人の女性が現れました。大学一年だった我々には眩しすぎるような美しい人でした。いろいろと尋ねると、片貝沢に墜落した陸軍機を探しに入山したとのことでしたが、道が険しくて目的地まで行けなくなり、あげくの果てに道に迷ってしまったと言っていました。私たちは女性が一人なのに驚きましたが、何はともあれ一緒に下山することになり残念会に加わってもらいました。女性もそれまでの緊張から解放されたのか、和やかに時を過ごしているようでした。そんな折、少しアルコールが過ぎたのでしょう、津幡が彼女にくどく言い寄り始めたものですから、彼女は津幡を避けるようになりました。私と鬼沢は悪ふざけはやめるように言ったのですが、津幡は無視してさらに追いかけ回したので、彼女はダム湖のほうに逃げていきました。その時です、彼女の叫び声と津幡の声が聞こえました。驚いた私と鬼沢が駆けつけると彼女が崖下のキタゴヨウの根にしがみついて、助けを求めていたのです。私はテントに走りザイルを取り、近くのミズナラに縛り付けました。津幡は俺の責任だと言い、ザイルを巻きキタゴヨウまで降りていったんです。そして津幡の足が、キタゴヨウを踏んだ時でした。その木が根ごと一気に谷に向かって滑り落ちてしまったのです。あの周辺の岩場は雪崩に磨かれて、まるで鏡のようになっています。我々にはなす術がありませんでした。その後、銀山平まで戻った我々は、警察に届けようとずいぶんと迷いましたが、我々がその女性を落としたんじゃないかと誤解されるのを怖れて、誰にも告げずに帰宅したのです。そして、我々は二度とこの件に関して話をしないことと誓ったのです。今思うとすぐに警察に届け出て、彼女を探すべきでした。助からないまでも、ご家族の元に返してあげなければいけなかったと思います」

話を終えた安達は鬼沢の手を握ると、「これでいい、これでいいんだ」と涙を流した。

「安達さん、お話しくださいましてありがとうございました。ただ、正直な感想を述べますと、みなさんは過失致死罪に問われても致し方ないですね。時効ですが」

剣は立ち上がると厳しい表情で二人を見た。そしてさらに質問を続けた。

「最後にもう一つお聞かせください。亡くなった北條さんの車から亜季さんが、五百万円入りの封筒を二つ見つけました。この封筒には六月十八日鬼沢氏、同日安達氏とそれぞれ北條さんのメモ書きがありましたが、お二人がお渡しになったものでしょうか？」

この問いには鬼沢が答えた。

「まず僕らはその新潟新聞の北條とかいう人に面識がないよ」

鬼沢の言葉に今度は剣が自分の耳を疑った。亜季も「えっ⁉」という表情で剣を見つめた。

「本当ですか？」

「ああ、本当だよ。君に嘘をついても仕方ないだろう。ただ、その金は僕らが渡したものだ」

「北條さんでないとすると、一体誰にですか？」

「確か旅行雑誌の編集長で、名前は新城とか言ってたな」

鬼沢は安達に同意を求めた。安達も頷いた。剣は思いがけない展開に狼狽した。それもそのはずだ、新城は一緒に尾瀬沼に行ったメンバーなのだ。その新城がなぜ二人から金を預かり、その金がどうして北條の車の中に……。剣は気持ちを落ち着けると鬼沢に尋ねた。

「失礼ですが、その一千万円にはどんな意味があるのでしょうか？」

「そんなことを君に言う義務はないだろう」

鬼沢は剣を睨みつけた。

「はい、ですが今回の一連の事件では、北條さんを筆頭に三人もの人が亡くなっています。いや、正確に言うと何者かの手で殺害されています。つまり、この事件を解決するためには新城氏に渡したお金の性格、意味をぜひお話しいただきたいのです」

剣はいつになく険しい表情で鬼沢を見つめた。

「それは君、先ほど来、君が熱弁を振るっていた奥只見の口止め料だよ。もっとも、君のように詳しく調べてはいなかったし、何といっても半世紀以上も昔の話だ。追い払っても良かったのだが、この政局が不安定の中、いつ総選挙になってもおかしくない状況で、マスコミにあらぬことを書かれたくなかったからね。それからある人の紹介状を持参したものだから、半分はその人の顔を立てようと」

「紹介状ですか？」

「ああ、そうだ。詳しくは知らないが経済的に困窮している、何とか応援してくれないか。助けてやって欲しい。そんな内容だったよ」

「どなたの紹介状を持参したんでしょうか？」

「それは津幡の兄、畠山森三さんだよ。彼とは古い知り合いで、長いこと選挙の応援も受けている。はじめは、金が必要ならばそう言ってくれればいいものと考えたが、畠山さんにはそれなりの事情があるのだろうと、安達にも話して用意した。それから、亜季さんでしたね。事務所の者はいざ知らず、私たちは直接お父さんとは会っていない。つまり繰り返しになるが、私はあなたのお父さんは知らない、これがすべてだ」

鬼沢は、

「話はこれで終わりでいいね」

と越前に告げると、安達と席を立ち部屋を出ていった。その後ろ姿を見送った剣は、虚脱感でソファーに腰を降ろしてしまった。

「どうした、平さんらしくないね」

越前に肩を叩かれて我に返った剣は、

「大変なことをお願いしまして、ありがとうございました」

と礼を述べた。

「どう、下でコーヒータイムにでもしないかい？」

越前は剣と亜季を誘うとさっさと部屋を出て、エレベーターホールに立った。剣と亜季もそれに続き、一階のコーヒーショップに腰を落ち着けた。

「平さん、君のお陰で興味深い話が聞けたよ」

と越前は剣に声をかけた。

「とんでもありません。とんだ醜態をさらしてしまい越前さんにご迷惑をお掛けしました」

老獪な政治家である鬼沢の言葉を額面通り信じてはいなかった剣だが、あまりにも意外な展開に明らかに困惑していた。

「そんなことはないよ。それから亜季さん、お父さんのことでは期待外れだったかもしれませんが、日本の警察の力を信じて希望を捨てないでください。きっとお父さんの無念を晴らしますから」

越前官房長は優しい眼差しで亜季を励ました。

「はい、ありがとうございます」

越前の言葉に亜季の緊張がほぐれて笑みが戻った。

「ところで平さん、今回の事案だけど早く対処しないといけないね。僕から県警に指示しようか」

「それにはおよびません。所轄も頑張ってくれていますし、まもなく朗報が聞けると信じています」

「そう、君がそういうならそうしよう」

越前は会計を済ませて去った。残された剣は亜季に言った。

「せっかく亜季さんに同行してもらったのに、とんだ展開になっちゃって申し訳ない」

「いいえ、そんなことはありません。お話を伺っていて、私の知らないところで、剣さんが事件解明のために奔走されていたことを再認識し、申し訳ないやら、ありがたいやら、ともかく感謝の気持ちでいっぱいです」

「そう言ってもらえると救われるよ。でも、あの二人から現金を受け取ったのが、一緒に尾瀬沼に行った新城さんだったとは驚いたね。それから、その新城さんを紹介したのが畠山さんとは……、一体二人はどんな関係なんだろう。さらに新城さんに渡ったお金が、なぜ北條さんの車の中にあったりだろうか」

剣は素朴な疑問を口にした。そして亜季に「失礼」と言うと席を立ち、横堀に電話をした。

「横ちゃん、大至急調べて欲しいんだけど」

剣の並々ならぬ様子を感じた横堀は、単刀直入に尋ねた。

「なんでしょう」

剣は鬼沢と安達から現金を受け取ったのが、月刊『旅行』編集長の新城道生で、その新城を鬼沢に紹介したのが、長野県上松町在住の畠山森三だと伝えた。そして、大至急二人の関係を調べて欲しいと頼んだ。

「わかりました、至急手配します。剣さん、岩長からの報告ですが、黒田の交遊、仕事関係からの捜査で、まともな仕事の依頼主として、その新城の名前が浮かんでいます。どうやら謎が解けそうですね。それからもう一つ、剣さんには誠に言い難いのですが、亡くなった北條さんにダーティーな顔があったようです」

横堀の唐突な言葉に、剣は自らの耳を疑った。

「えっ、北條さんが?」

「北條さんの身辺捜査を進めた過程で新しい事実が判明しました」

「いったいどういうことだい」

「はい、剣さん落ち着いて聞いて欲しいのですが、北條さんは取材で知り得た情報を元に、誰かをゆすっていた形跡がみられるんですよ」

このひと言に剣の表情がこわばった。

「ちょっと横ちゃん、本当かよ?」

「はい、岩長の捜査ですから信憑性があります」

剣はあまりのことにしばらくは言葉を失った。

しかし、冷静さを取り戻すと横堀に尋ねた。

「岩長の調べならば、たしかに信憑性はあると思うけど、もう少し詳しく説明してくれないか」

剣の言葉に横堀は説明を始めた。

「はい、私も岩長の調査を疑いたくなりましたが、ある人物と飲んだ際に、まとまった金が入るから金の心配はしなくてすむ、と話していたそうです。で、その人物が退職金かと尋ねたところ、いや、一種の金の成る木だと言ったそうです。しかし、この人物は酒の上の冗談だろうと聞き流していたようなんですが」

「金の成る木だって？　一体何のことなんだい」

剣は横堀を急かした。

「剣さんは意外とせっかちですね、実はその内容までは現在のところ突き止めてはいないのですが、例の謎の一千万円などを考えると、符合するのではないですか？」

「しかし、なんで北條さんはお金が必要だったんだろう」

剣は素朴な疑問を伝えた。

「北條さんは五年ほど前、ある事件を取材中に、情報提供者のことが相手にバレてしまい、その報復として提供者が目の前で射殺されたそうです。もちろん北條さんに非があったわけではないのですが、北條さんは自分のせいだ、俺が殺してしまったようなものだと周辺に漏らして悲嘆に暮れていたようです。そして残された妻子に亜希さんには知られないよう月々仕送りを続けていたそうですが、どうやら北條さんは、まとまった金が必要になったと思われます。とにかく新しい情報が入りましたらご連絡します」

横堀は用向きを伝えると電話を切ったが、亜季に聞かせたくない内容であり、予想外の話に落胆した剣は、しばらく携帯を握ったままロビーに立ち尽くしていた。

そんな剣に亜季が声を掛けた。

「あんまり遅いのでお店を出てきました。どうかなさりましたか？」

亜季の声に我に返った剣は、平静さを装うと亜季に言った。

「いや、横堀課長に今日のことを伝えただけだよ。それよりも疲れたでしょう、今日は我が家に泊まって。女房殿が楽しみにしているから」

笑顔で少し戯けて亜季を安心させた。亜季も微笑むと「では、よろしくお願いします」とそれに頷いた。

二人は肩を並べてビルを出ると、東京駅に向かい越後湯沢行きの上越新幹線に乗った。

「剣さん、一つ質問をしていいですか？」

新幹線がホームを離れると亜季は剣に尋ねた。

「なんだろう」

「今日お会いした越前さんは、警察庁の偉い方ですよね。その越前さんが、古い友人と言っていましたが、単なる古い友人に、大物政治家や銀行の頭取さんの仲介をするでしょうか。しかも、お話を伺っていましたら、まるで剣さんが刑事さんで、お二人が事件の参考人のような内容でした。つまり、一歩間違うと越前さんご自身の身分に影響するのに、それでも越前さんは剣さんに協力していました。一体越前さんとはどんなご関係なんですか？　それから、普通の人は警察をどちらかといえば敬遠したがります。それなのに剣さんにはまったくそんなところがありませんし、むしろ刑事さんとも親しくお話しをしています。ですから私は剣さんを警察の方、それも越前さんに近い方かと思ったのです。いかがですか？」

亜季の突然の質問に窮した剣は即答ができず、言葉を探していた。

「だってそうですよね。剣さんのご職業は写真家と伺っていますが、十和田湖でお会いしてから新潟県内だけではなく、奥只見、木曽、そして今日の東京と事件の解明に明け暮れています。いろいろとお世話になっているのにこんな言い方は失礼ですが、写真のお仕事をしている時間がありませんよね」

亜季は黙っている剣の顔を覗き込んだ。

「亜季さんには参ったね。では白状するけど、お察しのように若い頃は警察に勤めていたんだよ。越前さんはその時の上司。ただ私は宮勤めを続けられずに、三十歳で警察を辞めて、女房の実家に近い沼田市に移り住み、学生時代から好きだった写真の道に入った。今日まで写真家として過ごしてきたし、これからも体力が続く限り日本の自然にこだわって、撮影をしたいんだ。これが偽りのない私の姿。よろしいですかね？」

剣の返事に亜季は渋々、

「はい」

と頷いたが、

「もう一つ」

と尋ねた。

「やはり失礼な質問ですが、剣さんはご自分のお仕事を犠牲にしてまで、父の事件の解明に奔走してくれています。刑事さんはお仕事、つまりお給料をいただきながらの捜査ですが、剣さんにはそれはありませんよね。それどころかガソリン代、高速代、宿泊代など、すべて自腹を切っての調査でお金もばかにならないはずです。それなのになぜですか？」

剣はまたしても返事に窮したが、しばらく考えて答えた。

「強いていえばお節介な性格と、自分の推理を確かめたい欲望かな。ともかくあまり責めないでくれよ」

剣は亜季の質問から逃れると、横堀の捜査に思いを馳せた。

「まあ、きれいなお嬢さん」

ＪＲ上毛高原駅に迎えに来ていた梓の第一声だった。

「初めまして、北條亜季と申します」

亜季は梓にあいさつをした。

その夜、剣家は賑やかな団欒を迎えた。

「ところで亜季さんはピアニストですってね」

「プロとしてはまだまだです。ですから近くの子どもさんにピアノを教えながら、私も勉強中です」

梓は初対面の亜季とあれこれと、まるで下宿に出していた娘が帰省して、母親したわいのない会話をするかのように楽しんでいた。

その時、剣の携帯が鳴った。剣は席を立ち書斎で電話に出た。

「やあ、横ちゃん、電話を待っていたよ」

剣は用件を急いだ。

「剣さん、驚かないで聞いてください。新城と畠山は親子ですよ」

「なんだって！　間違いないの」

剣のトーンが上がった。

「警視庁と岩長の報告ですから間違いありません。畠山は学生時代と卒業しての数年間、今の世田谷区経堂で下宿生活をしていました。その時に下宿先の娘さんと仲良くなり、新城が生まれたそうです。しかし間もなく娘さんが病気で急逝してしまい、両親のたっての頼みで生まれて間もない新城を残して、自分は新潟に帰ったそうです。しかし帰省したものの父親の後妻と反りが合わず、父親の遠縁に当たる木曽の畠山家に養子に入り、今日まで木曽で暮らしているとのことです。それから下宿に残った新城ですが、祖父母が亡くなってからも結婚はせず独り身で、父親の畠山さんとも連絡はとらず、仲間には〝俺は天涯孤独〟と言っていたそうです」

剣は横堀の話を聞きながら新城、畠山それぞれの顔を浮かべ、やはり半世紀にもなる遠い過去の人生ドラマを描いていた。しかし、何のために新城は鬼沢と安達からせっかく受け取った金を北條に預けたのだろうか。新しい疑問がまた浮かんだ。

「もしもし、剣さん聞いていますか?」

剣は横堀の声で我に返った。

「失礼、聞いているよ。しかしあまりのことなので、正直驚いたね。そう言われてみると、新城さんと畠山さんはどことなく似ているような気がするよ」

「しっかりしてくださいよ、まだ話の続きがあるんですから。もう一つ衝撃の事実があるんですよ。警視庁が別件で捜査していた横領事件の被疑者がなんと新城なんですよ。つまり、今回の二つの事件の主犯が新城と考えられます」

「えーっ」

剣はさらに驚き、またもや開いた口が塞がらなかった。

「月刊『旅行』の新城のデスクの中から小さな手帳が見つかりまして、それに金の出し入れと思われるメモ書きがありました。それによると、新城はいろいろ投機取引を行っていたようで、北條さんの車から見つかった一千万円についても、〝六月十八日鬼沢、安達氏から各五百〟〝再投機？〟の下に矢印があり、〝北條氏に渡す〟とメモ書きがあります。殺された北條氏とは以前から例の〈朱鷺色〉の常連客として親交があったようですね。それから北條さん殺害の動機ですが、新城がモンゴルでの天然ガス開発にからむ投機取引で多額の損失を出し、会社の金を横領したことを敏腕記者の北條さんに取材を通じて知られてしまったことにあるようです。北條さんは、新城にとってこの上ない危険人物ということになり、殺意に繋がったんじゃないかと思われます。次に新城と黒田の関係ですが、二人とも陸上自衛隊富士学校入隊記録がありましたから、この辺が接点かと考えています。それから、新城は都大理工学部を卒業していますから、青酸性毒物に関する知識があったと考えられます。もっとも知識などなくても、ネットで簡単に入手できる時代ですけどね。なお、星崎の店〈朱鷺色〉の名刺ホルダーの中に新城の名刺がありましたし、常連客の証言も取れましたから新城、星崎の接点も確認できました」

横堀は日本の警察の優秀さを強調するかのように、自信たっぷりに伝えた。

「なるほどね、いやぁ驚いた。でも横ちゃん、それでは北條さんの車から見つかった一千万円の説明は？　新城はずっと連絡をとってない父親の畠山さんに頼んで一千万円を工面してもらったんだろ？　それを失敗した投機取引の穴埋めにも使わず北條さんに渡した理由がわからないよ」

「これはあくまで私の推測ですが、北條さんに記事にすると詰め寄られた新城は、一時しのぎの口止め料として北條さんに金を渡したのではないでしょうか」

「口止め料？」

「はい、北條さんは優秀な記者ですが、だからといって聖人君子とは限りません。今日の昼間の電話でもお話ししたように、北條さんはまとまったお金が欲しかったようです。また『金の成る木を見つけた』と言っていたという岩長の情報もありますから、詳しいことはまだわかりませんが新城から一千万円の金を受け取ったのではないでしょうか」

剣は横堀の話に暗澹たる気持ちになりながら、廊下に声が響かぬよう窓際に移って続きを聞いた。

「しかし金に困っていた新城は、北條さんに渡したその金が惜しくなったことと、今後のことを考えて、以前からの知り合いの黒田に殺害を依頼した。つまり、口封じと金を取り返すことが北條さん殺害の動機です。もちろん新城は黒田のことを知り尽くしていましたから、このことをネタにゆすられないよう成就後は黒田も殺害するつもりだったと思います」

横堀の報告に素直に頷けないまま剣は新城の行方を尋ねた。

「それがですね、会社には取材に行くと伝えて、マイカーでどこかに出かけたというのですが……、まだ行き先が摑めていないのです」

「行き先が摑めない？」

「はい、岩長は都内ならばマイカーは使わないだろうから、東京を離れたのではないかと言っていますが……」

「なるほど、岩長の意見は的を射ているかもしれないね。ところで畠山さんのほうはどう？」

「はい、今のところ直接の関係者とは断定できませんが、岩長が木曽に入り、明朝にも事情聴取を行う予定です」

剣は、横掘に礼を言い、電話を切ってしばらく思案すると、梓に言った。

「明朝早く木曽の上松町に行くよ」

唐突な剣の言葉に驚いた梓は、亜季と顔を見合わせると尋ねた。

「突然木曽に行くって、何なの？」

木曽でのことを知らない梓は怪訝な顔で聞いた。

「うん、理由は戻ってから話すけど、妙な胸騒ぎがするんだよ。だから私の悪い病気と諦めて目を瞑ってくれよ」

剣の言葉に「またか、やれやれ」と、呆れ顔をした梓だが、

「いつもこれなのよ。病気だから仕方ないわね」

と渋々と了承した。そんな夫婦のやり取りを静観していた亜季が、立ち上がると剣に頼んだ。

「私も一緒に木曽に連れて行ってください！」

亜季の言葉に剣と梓は顔を見合わせて驚いたが、梓が笑顔を見せた。

「そうね、亜季さんも一緒に行ったらいいわね」

剣は梓の意外な言葉に驚いて、つい顔を見たが、亜季とともにふたたび長野県の木曽に向かうことになった。

第八章——ふたたび曽

赤沢（長野県上松町）

木曽路は霧雨に煙っていた。国道一九号線を南下するランドクルーザーの雨滴感知式オートワイパーが、規則正しいリズムでフロントガラスの雨を掻いていた。

「剣さん、なぜ畠山さんのお宅なんですか?」

昨夜の横堀との電話の詳細を知らない亜季は、不思議そうな目で剣に尋ねた。

「亜季さんには説明をしていなかったけれど、昨日横堀課長から電話があり、北條さん殺害の主犯が新城氏ということがわかったんだ。新城氏は月刊『旅行』の編集長で尾瀬に行ったメンバーの一人なんだけど、実は畠山さんの息子だということも警察の捜査でわかったんだよ」

剣は経緯をかいつまんで亜季に説明をした。

「では、父は新潟の心中事件の人たちに殺されたのではなく、尾瀬に一緒に行ったメンバーの方に殺されたんですか?」

「いや、実際に手を出したのは心中事件を装って殺害された二人だよ。そして二人に依頼したのが新城だね」

「そうなんですか。それで剣さんはどうして畠山さんのところを訪ねるんですか?」

「うん、横堀課長の話だと新城はマイカーで東京を離れたらしい。そんな新城の行き先はたった一人の肉親である畠山さんのところ以外には考えらない。もっともこれは私の勘でしかないけど、今はその勘に頼るしか方法はないよ。畠山さんのことも心配だし、とにかく急ごう」

剣は国道一九号線を右折して、県道四七三号線に進み畠山宅に急いだ。そして、畠山林業の看板の脇の門をくぐり、ガレージの前にランドクルーザーを停めた。霧雨に物音が消されてしまうのか事務所は静まり返っていた。

「ごめんください」

剣の声にソファーに座っていた男が振り返った。

「あれ、岩長さん」

「剣さん、どうしたんですか？　こんなところへ」

二人は互いに声を上げた。

「剣さん、その顔ですと横堀課長から聞いて飛んできたんですね。図星でしょう」

汗かきの大岩はイガグリ頭をハンカチで拭きながら剣を見た。

「うん、まあそんなところだよ。でも岩長がここにいるということは、畠山さんは留守ですね」

「ええ、お察しのとおりです。ひと足違いで新城らしき男と車で出かけたそうです」

大岩はいかにも悔しそうに手にしていた扇子で机を叩いた。

「そんなわけで、所轄署に依頼して立ち回りそうなところを探させていますが、まだ摑めていません。そろそろ私も探しに出ようと思いますが、剣さんはどうしますか？」

「そうですね、では私たちも探してみますから、新城の車を教えてください」

「車はトヨタのクラウンで色はシルバー、ナンバーは品川313る××ー××です」

大岩は剣に協力を依頼すると、若い小林刑事と事務所を飛び出ていった。剣は事務員の女性に改めてあいさつすると尋ねた。女性も剣と亜季を覚えていた。

「畠山さんのご様子はいかがでしたか?」

「そうですね、何か朝から考え込んでいたかな……。そしてお客さんが訪ねてきたら、思い詰めたような顔をして一緒に出かけていきました」

「他に変わった様子はありませんでしたか?」

「他にと言われてもね……。そう言えば、ドアを閉める時に私に向かって、長いことご苦労様でした、なんて変なことを言いましたね」

「なるほど」

「ではもうひとつお聞きしますが、畠山さんのご家族はどちらにいらっしゃいますか?」

「社長ですか、社長は一人ですよ」

「畠山さんは一人なんですか?」

剣は亜季と顔を見合わせた。

「はい、社長には子どもさんがいませんでした。それで、奥さんが三年前に病気で亡くなってからはずっと一人でした」

「そうですか。ではこちらの畠山林業の後継ぎはどうなるんですか？」

「会社は社長が組合長を務めている地元の森林組合に、すべて寄付することになっていますから、なんの心配もないと言っていました。あのぅ、社長に何かあったんですか？　警察の方はみえるし、あなた様はいろいろと社長のことを聞かれるし。社長は出かけたきり連絡がないし。まさか、会社が倒産しそうなんですか？」

　事務員は仕事先がなくなることを不安に思ったようだった。

「いえ、それは大丈夫です。ちょっと畠山さんの行き先が気になるものですから」

　そう言いながら、不吉な感じを覚えた剣は、

「もし、畠山さんから電話があったら、警察か私に連絡をください」と言って事務員に名刺を渡すと亜季を急かしてランドクルーザーに乗った。剣の剣幕に驚いた亜季が尋ねた。

「一体どうかしましたか？」

「私の思い過ごしであればいいんだけど……、ともかく二人を一刻も早く探そう」

　剣は亜季を乗せると赤沢自然休養林への道を急いだ。雨で増水した赤沢の流れは濁流の様相を見せていた。

「赤沢に畠山さんたちはいるでしょうか？」

「さあ、わからない。しかし警察が車を探しているから国道一九号線を名古屋方面、あるいは塩尻

方面に向かったとは考えづらい。もちろん県道四七三号線、二〇号線と走り、開田高原から飛騨高山に向かったとも考えられるが、私はそんなに遠くには行ってないと思う」

剣は嫌な予感を覚えながら答えた。亜季も普段見せない剣の様相に緊張したのか、次の言葉を呑み込みフロントガラスを見つめていた。

「すみません、畠山さんは来ていますか？」

剣はカッパを着た駐車場係の中年男性に声を掛けた。

「いや、昨日はお客さんを連れて来たけど、今日は見ていないね」

男性に礼を述べると駐車場をゆっくりと一周してみた。しかし、二人を乗せた車の姿は見えなかった。剣は衛星携帯電話を取り出すと大岩に電話をした。

「どうですか、見つかりましたか？」

「いやまだです。地元の木曽福島署の協力を得て念のために奈良井宿や寝覚の床なども当たっていますが、今のところ発見にはいたっていません。もっとも国道には検問所を設けましたから、網にかかるのは時間の問題だと思いますがね」

木曽の地形に詳しくない大岩は、悠長なことを言っていた。剣は大岩の電話を切ると来た道を引き返した。

「今度はどこに行くんですか？」

亜季が不安そうに尋ねた。

「そうだね、警察が行かないようなところ……。そうだ、次は自然湖《しぜんこ》に行ってみよう」

「自然湖ですか？」

「ああ、一九八四年（昭和五十九年）九月に起きた長野県西部地震で、王滝川の渓谷に大量に土砂が流れ込み堰止められた、いわば土砂ダムの一種だよ」

剣は亜季に説明をしながら県道四七三号線へ進み木曽町に、木曽ダム常盤発電所近くで県道二〇号線に、さらに三岳黒沢の信号を左折して県道二五六号線に進み王滝村《おうたきむら》に入った。剣には懐かしさを感じるコースだが、今日の剣には思い出に浸っている余裕はなかった。剣は巧みなハンドルさばきで王滝川に沿った道をスピードを上げて走った。王滝郵便局の近くで県道二五六号線を右に分けると、県道四八六号線をさらに上流へと進んだ。そして森林管理署貯木場を過ぎてトンネルを抜けカーブのところで車を停めた。剣と亜季の目に人だかりが見えた。

「なんでしょう？」

亜季が剣に尋ねたが、剣は答えずに人だかりに走り寄った。

「どうしました？　何かあるのですか？」

剣の問いに年配の男性が答えた。

「うん、あそこに車が落ちたので、皆が助けに行っているんですよ」

自然湖（長野県王滝村）

剣は男性の指差す方向を見た。そこには剣が捜し求めていたシルバーのクラウンの無惨な姿があった。「遅かったか」剣は舌打ちをした。その時、救助に当たっていた人から声が上がった。

「おーい、二人とも生きてるぞ」

「救急車！　救急車を呼んでくれ！」

剣はとっさに車に走ると衛星携帯電話で一一九番通報した。そして大岩にも伝えた。

「岩長、二人が発見されたよ！」

「えっ、本当ですか！　どこですか⁉」

大岩は矢継ぎ早に尋ねた。

「場所は王滝村の自然湖だよ」

「自然湖？　一体どこですか？」

「王滝川の上流部、岐阜県境にほど近い山奥。今救急車の要請をしたから地元警察の協力を得て急行して欲しいんだ」

「救急車？　どうしたんですか？」

電話を通して大岩の狼狽ぶりが伝わってきた。

「詳細はともかく、畠山さんと新城が乗っていた車が湖に落ち、二人が救助されたんだ……」

剣は大岩との電話を切ると、灌木に掴まりながら車の落下地点に降りていった。亜季はそんな姿を呆然と眺めていた。

「二人は大丈夫ですか？　いま救急車を呼びました」

剣は周辺の人たちに伝えた。

「あれ、写真家の剣さんじゃないですか？」

一人の男性が剣に話しかけた。剣も軽く会釈をして横たわっている二人に近づいた。

「いやー、我々は撮影のツアー中でして、ここに来て、皆で撮影をしていましたらいきなりこの車が湖に飛び込んだんですよ。驚きました」

数人が口々に話した。剣は横たわっている畠山に近づくと声をかけた。

「畠山さん、わかりますか！　剣です！」

しかし、畠山からの返答はなかった。剣は繰り返し畠山に問いかけた。しばらくすると微かに畠山が言葉を発した。剣は畠山の口元に耳を当てた。

「剣さん、すまないことをした。息子を許してやってください。帀季さんにも詫びてください」

剣は大声を出した。

「畠山さん、しっかりしてください。間もなく救急車が来ますから。死んではダメですよ」

剣の言葉がわかったのか、畠山の顔がわずかに緩んだ。そして、

「剣さん、事務所の神棚の中に手帳があります。それを……」

畠山の言葉がそこで止まった。剣はふたたび大声で呼びかけたが、畠山はそれに答えなかった。

一方、新城は、息はあるものの誰の問いかけにもまったく返事がなかった。剣は周辺の人たちに畠山、新城を頼むと亜季の元に戻った。

「お二人はどうでした？」

亜季が心配そうに尋ねた。

「うん、二人とも意識はないが息はある。何とか助かって欲しいと願うばかりだね」

剣は正直に伝えた。

「剣さんは、もしかしてこんな事態を想像して急いだんですか？」

「ああ、何となくだけどね」

「畠山さんが自殺しそうだと思ったんですか？」

「うん、畠山さんだけじゃなく、新城もね。つまり、新城に逃亡の意思があれば木曽などに来ないで、羽田や成田から海外逃亡を企てたんじゃないかなと思うんだ。しかし、木曽の畠山さんを訪ねた時点で逃亡を諦めたとわかった。畠山さんにしても新城が目の前に現れたら、不憫な息子が犯してしまった数々の罪を一緒に清算しようとするに違いない。そう思ったらいても立ってもいられず急いだんだ」

剣はいつになく暗い目で亜季に答えた。その時サイレンの音が聞こえてきた。

「剣さん！」

　捜査車両から大岩が飛び出てきた。

「随分と早かったですね」

「はい、小林刑事がこんな時とばかりに飛ばしましたから、お陰で生きた心地がしませんでした」

　大岩は相変わらず汗を拭きながら答えた。

「で、新城と畠山はどこですか？」

　剣は「あそこだよ」と湖畔を指差すと先に崖を降り始めた。大岩、小林、それから木曽福島署の刑事がそれに続いた。

「二人とも息がありますね」

「うん。しかし会話はできない。畠山さんのほうはさっき少し喋れたが、すぐに話せなくなった」

「ちきしょう、ここで二人に死なれてたまるかよ」

　大岩は地団駄を踏んだ。そこにひと足遅れて救急隊員が到着した。そして、状態を確認し、剣たちに状況を聞いたあと二人を救急車に乗せると、ふたたびサイレンを鳴らして視界から消えた。

「ところで、剣さんはよく畠山親子の行き先がここだとわかりましたね」

　大岩が感心したように剣を見て言った。

「いや、何となくだよ。たまたま勘が当たっただけさ」

剣は、土地勘があることも、警察の裏をかいたことも言わなかった。

「ところで、先ほど課長から電話があり、警視庁世田谷署が新城の自宅を家宅捜査したところ、北條さん、そして黒田、星崎殺害に使用されたものと同じ成分の青酸性毒物が発見されたそうです。これで犯人は新城に決まりですね。それなのに死のうとするんだもんな……。なんとか助かってくれるといいんですがね」

大岩は救急車が去ったほうを見て言った。

「そうですね、ではあとは岩長にお任せして私たちは帰ることにしましょう」

剣は亜季を乗せると、森に挟まれた道を畠山林業に急いだ。森は霧雨で霞み、山水画のような世界を見せていた。

「社長は見つかりましたか？」

玄関を入るとすぐ、剣に事務員の女性が尋ねた。

「見つかりました。自然湖で事故を起こしていました。今救急車で運ばれましたが、素人ですからちょっと状態はわかりません。それより、救急車に乗る前、畠山さんが神棚に手帳があると言ってましたが、わかりますか？」

畠山の名誉のために事務員の女性には事故と言った。

女性は、

「まぁ、事故？」

と言い顔を曇らせたが、すぐに脚立を持ってきて神棚から手帳を取り出し、「これですね」と剣に渡した。

剣は黒い皮の手帳を手に取るとページを捲った。中に二つ折りにされた封筒が入っていた。そしてその中には剣宛の手紙が記されていた。

——剣平四郎殿
北條亜季さんと拙宅をお訪ねの際に、写真家とのことでしたが、どうにも納得がいかず、失礼を承知で貴殿のことを調べさせていただきました。そして貴殿がかつて警察庁のキャリア官僚だったと知り、亜季さんと来訪した真意がわかりました。すでにお調べのこととは思いますが、新城道生は私の実子です。しかし、事情がありこれまで親子を名乗り合うことがありませんでした。奥只見の出来事ですが、小宮山小百合さんを追い回して、直接事故に追いやったのは弟の津幡巌です。実はこのことで、代議士の鬼沢総一郎が弟を脅すようになりました。弟も地方紙とはいえ新聞社の社長ですから、スキャンダルを避け鬼沢の要求を呑むことにしました。私に言わせれば、半ば共犯のような鬼沢の要求を無視すれば良いものをと思ったのですが、元来気の弱い弟は鬼沢に屈してしまったのです。それだけではありません。鬼沢は弟の弱みに付け込んで、私までも利用しようとしました。もちろん私は拒否したかったのですが、すでに弟が鬼沢の悪事に加担してしまっていたために、結局鬼沢の要求を呑まざるを得なくなりました。その一つがＮＰＯ法人「森の会」です。一般的にＮＰＯ法人は社会的に信用されていますが、鬼沢はこの点を巧みに使い世間の目を欺いています。つまりこの森の会は鬼沢の政治資金管理のダミーといっていい組織です。私はその会の金庫番でした。鬼沢は一昨年の国会で病気とはいえ、総理の職を投げ出した者を再び総理にまつり上げて、傀儡政治を行っています。それ以外にもダム建設、干拓事業など大型公共事業にことごとく絡み、黒い噂が絶えない金の亡者のような政治家です。そしてその金の力にものを言わせて多くの政治家を抱えて、国政を歪めています。その鬼沢に、よりによって息子の新城が近づき、挙げ句の果てに殺人まで犯す羽目になってしまったとは、堪え難い屈辱です。出来ることならば鬼沢と刺し違えたいところですが、この歳ではそれもままなりません。私は罪を重ねてしまった息子の罪を一緒に背負い、最初で最後の親の務めを果たしたいと思っています。この手紙が貴殿の目に触れる時、私たち親子は償いの旅路に赴いているでしょう。それから、亜季さんにはお詫びの言葉もみつかりませんが、貴殿からお許しを請いたいとお伝えください。最後に自宅仏壇の引き出しに、鬼沢代議士の裏金の帳簿がありますから、貴殿のお力で悪行のすべてを公表してください。

畠山拝――

畠山の手紙を読み終えた剣は、だまって亜季に渡した。亜季も手紙に目を通した。その亜季の目から涙が流れた。

剣は事務員の女性に頼み帳簿を受け取った。表紙にはＮＰＯ法人「森の会」出納帳と記されていたが、ページを捲ると随所に不自然なほど桁違いの数字が並んでいた。そこに大岩から電話が入った。

「剣さん、残念ですが二人とも病院に搬送される途中に亡くなりました。新城にワッパを掛けられなくて残念ですが、これで被疑者死亡で幕引きです」

大岩のいかにも悔しそうな様子が、電話から伝わってきた。剣も残念だったが、最悪の現実に打ちのめされている暇はなかった。

「岩長、実は畠山さんが重要な資料を残してくれていて、今、畠山林業で受け取ったところです」

「重要な資料って何ですか？」

「それは、今回の事件の全貌を解明する貴重な資料です」

「今回の事件って、新城の死亡で終了ではないんですか？」

「いや、そう簡単に幕引きはできません。殺人事件の背景に秘められていた謎を解明しないと、北條さんをはじめとした多くの犠牲になった人が浮かばれない。そこで岩長にも畠山林業まで来て欲しいんですが」

剣は電話を切ると女性の事務員に「ちょっとすみません」と声をかけた。

「お気の毒ですが、畠山さんは先ほどお亡くなりになったそうです。また警察から連絡があると思いますが、関係者に知らせてください」

剣の顔を凝視していた事務員は見る間に泣き顔になり、「社長！」と叫びながらその場にうずくまった。亜季の目からも大粒の涙がこぼれていた。

エピローグ

大岩の捜査車両の先導で剣たちは帰路に就いた。ランドクルーザーが塩尻ＩＣで長野道に入った時に亜季が口を開いた。

「剣さんは始めから結末を予想していたから、迷わず木曽に来たんですね」

亜季は真っすぐフロントガラスを見つめたまま聞いた。

「横堀君からの電話で新城の行方がわからないと聞いた時から、もしかして……と思ったんだ」

「剣さんて冷酷な一面があるんですね」

突然、亜季の口から思いがけず攻撃的な言葉が飛び出したので、剣は驚いた。

「えっ、私がかい？　どうして？」

剣は亜季の気持ちを量りかねた。

「だってそうでしょう、剣さんが木曽に向かおうと思った時点で、警察の方に考えを伝えていたら、畠山さんは死なずにすんだのではないでしょうか。違いますか？」

亜季の思いがけない強い言葉に窮した剣は、しばらく考え、

「そうだね、私にはそうした面があるかもしれないね。だけど、言い訳していいかい？　横堀君の話では今朝早く岩長が畠山さんを事情聴取するということだったんだ」

「じゃぁ、警察ものんびりしていたということですね。大岩さんが昨日のうちに木曽に向かえば、畠山さんは死なずにすんだかもしれませんよね」

そう言うと、亜季は黙り込んだ。

剣は、亜季が畠山の死にショックを受けていると感じ、しばらくそっとしておくことにした。そして、ほとんど会話らしき会話をしないまま沼田北署に入った。

「剣さん、岩長から電話報告を受けましたが、にわかには信じ難い展開になりましたね」

横堀が緊張した表情で二人を迎えた。

「うん、正直私も驚いているよ。畠山さんの残してくれた資料は岩長に渡したから、よく分析してくれ。今回の連続殺人事件のみならず鬼沢代議士の闇の部分を追及できるだろう」

「はい、資料を精査した上で上層部とも協議して対処したいと考えています」

横堀は慎重な言い回しをした。

「あぁ、相手が相手だけに大変だと思うが、徹底的に追及してくれよ」

「わかりました。畠山さんの資料の裏付け捜査を急ぎます。剣さんも亜季さんも大変お疲れ様でした。ご協力に感謝します」

「では亜季さん、今後の捜査は警察にお任せして我々は失礼しましょう」

剣は傍らの亜季を促すと沼田北署を後にした。


剣が亜季を伴って帰宅すると、梓は夕食の準備をして待っていた。

「木曽はどうでした？」

「あぁ成果もあったけど、不安が的中したよ」

剣はいつもより低い声だった。亜季も疲れた様子だったので、梓は、

「そう、なんだかお疲れのようだから、病気の成果のご報告はあとで聞くことにして、先に夕食にしましょう。さぁさぁ、亜季さんもあなたも手を洗ってきて」

と言うと、手際よくテーブルに食事を並べた。そして、慣れ親しんだ梓の手料理で気持ちが落ち着いた剣は、亜季と梓に今回の事件について話し始めた。

まず北條さんを尾瀬沼湖畔で殺害したのは、新城の依頼を受けた黒田裕次郎と星崎茜の二人に間違いないと思う」

剣は亜季を見ながらそう言うと、亜季は黙って頷いた。剣は、テーブルの上のA４の紙に北條、新城、そして黒田、星崎と名前を書き、内容をほとんど知らない梓に向かって、

「新城というのは月刊『旅行』の編集長で、先日北條さんや俺が行った尾瀬のメンバーの一人だよ」

と説明を加えた。梓は、

「あなたの知り合いなの？」

と目を丸くして驚いた。剣は頷きながら説明を続けた。

「黒田と星崎は北條さんに恨みがあったわけじゃなく、単に新城が金で雇った殺しの請負人だ。二人は北條さんと面識があったにもかかわらず金に目がくらんで、知り合いだということを逆手にとって尾瀬沼で北條さんに青酸性毒物の入ったコーヒーを飲ませて殺害した。しかし、結局は二人とも新城に心中に見せかけて野積海岸で殺されてしまったんだ。なぜ野積海岸だったのかは、俺にもわからないが、口封じされてしまったというわけだ」

「ちょっと待って」

梓が口を挟んだ。

「北條さんは、なぜその新城って人に殺されなければいけなかったんですか？　だって、なんとか委員会であなたも一緒に尾瀬に行ったメンバーなんでしょう？」

梓はそう言うと、亜季を見て「ねぇ」と言った。梓はこれまでの経緯を全く知らないので、話が見えないらしい。剣は自分の頭の中を整理する目的を兼ねて梓がわかるように説明した。

「なぜ新城が北條さんの殺害を企てたかだが……」

と言いながら、剣は紙に書いた新城の名前を円で囲んだ。

「新城は投機取引に失敗して金に困っていたんだ。あげく会社の金を横領していたらしい。それを、たまたま奥只見関連の取材で鬼沢代議士周辺を取材中の敏腕記者北條さんに知られてしまった」

「なるほどね。だけど、横領を知られたくらいで殺すなんてあんまりだわ」

「うん。理由は他にもあるけど、追々説明するからしばらく我慢して聞いていてくれ。当時北條さんは奥只見の陸軍機墜落事故について調べていた」

そう言うと、北條の名前の下に〝取材・奥只見〟と書いた。

「昭和十三年の大昔の話だよ。旧帝国陸軍の飛行機が奥只見に二機墜落したんだ。大型輸送機については新聞に発表されたが、小型機のほうは軍の方針で公にされず、そちらにダイヤモンドなどのいわゆるお宝が積んであった。これを数年後、平野熊造さんという地元の猟師が小型機の残骸や兵士の遺体と一緒に見つけたんだ。そして、一本のブナの大木の根元に埋めてきたことを、昭和三十六年に山で命を助けてくれた若者三人に御礼として話した」

ダイヤモンドと言ったあと梓の眼が輝いていたが、剣は無視して話を続けた。

「若者三人は一カ月後、奥只見へ宝探しに出かけた。しかし、昭和三十四年の伊勢湾台風のせいで森が荒れ、熊造さんが地図に書いてくれた目印の大木はわからなかった。結局宝物は見つからず諦めてテント近くで残念会をしているところに、美しい女性が現れたんだ。その女性は教員をしながら陸軍機墜落事故について調べていて、その日も一人で奥只見に入ったそうだ。若者三人は翌日一緒に下山することにして、今日は残念会で楽しく過ごしましょうと誘った。ところが、酒がまわると若者の一人がその女性に言い寄り、追いかけ回し始めた。そして、女性は逃げ回っているうちに誤って崖下に落ちてしまったんだ。慌てた若者たちはザイルを使ったりして助けようとしたが、結局その女性は湖に落ちてしまった。本来なら警察を呼ぶなりして助けなければいけないところを、その三人は自分たちが故意に落としたと思われたくないと、黙って帰ってしまった。その三人の若者というのが、鬼沢代議士、日本銀行協会会長の安達頭取、そして北條さんが勤めていた新潟新聞の津幡前社長さ。その女性は気の毒に失踪者扱いとなり、住民票を職権抹消されていたよ」

梓の「まぁ！」という驚きの声を聞きながら、剣は取材・奥只見という文字の下に鬼沢、安達、津幡と三人の名前を書いた。そして梓に向かって、

「この話は、今日行った木曽の畠山さんという人から先日聞いたんだ。実は畠山さんは津幡社長の腹違いの兄で、若いころ津幡社長からこの話を聞いて知っていた。北條さんは、認知症の津幡社長を見舞った時に津幡さんのこぼしたひと言から奥只見に何かあると感じ、兄の畠山さんのところへ取材に行った。さて、このあと今日木曽へ行ったことの説明をするが、ちょっと喉が渇いたからお茶かコーヒーを淹れてくれないか？」

と頼んだ。梓がコーヒーを淹れている間、剣は亜季に確認した。

「これから話す内容は、亜季さんにとってちょっと辛い話になるかもしれないよ。しかし、お父さ

んに関係することだからあえて話すけど、いいかい？」

剣が亜季にそう尋ねると、亜季は怪訝な顔をしたあと、

「はい、大丈夫です。だって私も木曽へご一緒したんですもの。それに、やっぱりなぜ父が死ななければならなかったのか、真実を知っておきたいです」

と言った。

「わかった。じゃぁ隠さないで話すよ」

そこに梓がコーヒーを持ってきたので、剣は一杯飲むと再び話し始めた。

「今朝、俺が急いで木曽へ行ったのは、その畠山さんが新城を道連れに自殺するんじゃないかと不安に思ったからだ。畠山さんというのは、実は新城が赤ん坊の時に生き別れた実の父親で、俺は昨日横堀君からもらった電話のことをいろいろ考えていたんだが、追い詰められた新城がマイカーで行くとすれば、行き先は畠山さんのところに違いないような気がした。そして新城が現れれば、畠山さんはたぶん息子が犯した罪を一緒に清算しようとするだろう。そう考えるといてもたってもいられなくなり、今朝早く木曽に向かったというわけさ」

剣は紙に畠山と書き、それぞれ新城と津幡との間に線を引いた。梓は時々コーヒーを口に運んでいたが、亜季はカップを両手で持ったままじっと聞いていた。

「不安は的中して、二人は自然湖の崖下に車ごと落ちていた。亡くなる直前、ちょっとだけ意識が

戻った畠山さんが俺に手紙と帳簿のことを教えてくれ、それは岩長に渡してきたが、畠山さんの遺書ともいえる手紙、そして帳簿から、今回の事件の全容が見えてきた。畠山さんが代表を務め金庫番をしていたNPO法人森の会が、実体は鬼沢代議士の闇金庫の隠れ蓑ということもわかった。北條さんは、奥只見の事故を取材中に、鬼沢代議士のところに出入りをしていた新城と知り合い、新城の業務上横領などの不正行為はもちろん、鬼沢代議士の政治資金の裏金の流れを摑んだに違いない。横堀君の話では、北條さんの車から見つかった一千万円は、北條さんが新城に業務上横領の記事を書くと迫ったために新城が口止め料として渡した金だったらしい。新城はその一千万円を奥只見のことで鬼沢代議士を脅して用立てたらしいが、新城自身も金に困っていたから取り返したかったんじゃないかということだった。つまり、新城は一千万円を取り返すことと横領の口封じのために北條さんを殺そうと企てたんだ。亜季さんの家に空き巣に入ったのはおそらく新城だろう。北條さんの取材データと一千万円を捜しに入ったと思う。横堀君の話では、北條さんは新城に横領を記事にするぞと迫って一千万円を手に入れていたが、鬼沢代議士のこともゆすっていたようだ」

剣は努めて淡々と話していたつもりだったが、黙って聞いていた亜季が、突然ゴンとコーヒーカップをテーブルに置き鋭く反応した。

「ちょっと待ってください。いま剣さんは父が鬼沢代議士をゆすったと言いましたね。それからあの一千万円は記事にするぞと迫って新城さんから手に入れたとも。父はそんな人間ではありません。

いくら剣さんでも、そんな言い方するなんてひどいです。許せません」

　亜季が今まで見たことのないような厳しい表情で剣を睨んだ。

「そうよ、あなた。言っていいことと悪いことがありますよ。亜季さんのお父さんがゆすりなんてするわけがないじゃありませんか。何かの間違いでしょう。あなたはもう探偵ごっこから手を引いて本業にいそしんでくださいよ」

　梓も剣の発言に異を唱え、傍らの亜季の手を撫でた。

「言い方がきつかったのは謝る。私も横ちゃんから聞いた時は耳を疑ったよ。しかし、信じ難いことだけど事実だそうだ」

「そんなことは絶対にありません。警察の間違いに決まっています。父が、父がゆすりなんてそんなこと……」

　亜季は目に涙を一杯溜めて剣に抗議した。剣は、だからさっき大丈夫かと確認したじゃないか……と心の中で思いながら、次の言葉をつないだ。

「亜季さん、これにはわけがあるんだ。気持ちを落ち着けて聞いて欲しいんだが、北條さんはまとまったお金が必要だったらしい。何年か前、ある事件を取材中に、北條さんに情報を流してくれた人が、北條さんの目の前で射殺されて亡くなったそうだ。責任を感じた北條さんは、残された妻子に長いこと仕送りをしていたが、その子どもさんが先天性の心臓疾患で手術することになった。しかもその手術は国内では難しくアメリカでしかできない。そんなことからまとまったお金が必要になったらしい。北條さんは、汚い鬼沢代議士のお金でも人の役に立つほうが良いと考え、非合法を承知の上で鬼沢代議士から闇政治資金をネタに金銭を要求したと考えられる」

剣は、北條が金の成る木を見つけたと言っていたという話はしないことにした。

「でも、鬼沢代議士は父とは会ったことがないと、おっしゃっていたじゃないですか！」

亜季は父親の名誉のためにと、懸命に剣に反論した。

「いや、たしかに鬼沢代議士は私たちにそう言った。けれど、私は北條さんのことを新潟新聞社とはひと言も言わなかった。それなのに鬼沢代議士は北條さんのことを新潟新聞社の記者と言った。つまりどこかで北條さんと会ったことになる。そして奥只見のことよりはむしろ、森の会をダミーとした政治資金の裏金工作を指弾され、窮地に立たされた鬼沢代議士は新城に北條さんの処置も示唆したのだと思う。つまり北條さんは鬼沢代議士、新城の二人に共通した邪魔者だったということ。そんなことから新城も鬼沢代議士の意を汲むことにより、自身の再起を図ろうと考えたというのが私の推理だ」

「でも剣さん、鬼沢代議士は、新城は畠山さんの紹介で、金銭的な面倒をみただけと話していたではないですか」

「そうだね、しかしあれは嘘だね。つまり鬼沢代議士とすれば、私たちの関心を奥只見と新城に引きつけておきたいと、白々しい嘘をついたことになる。もっとも、関係者全員が死んでしまった以上、すべてが私の推測に過ぎないけど」

「では、鬼沢代議士が今回の事件の黒幕だということですか？」

「私の推理ではね」

「鬼沢は捕まるんですよね？」

「それは、警察の腕次第かな」

「そんな！　そんなの許せない！　剣さん、今すぐ警察に行きましょう！　ちゃんと調べてもらいましょう！」

亜季は憤慨を剣にぶつけた。

「亜季さん、そう興奮しないで。大丈夫だよ、鬼沢代議士は必ず捕まるよ。相手が相手だから多少時間はかかるだろうが、畠山さんが残してくれた資料を元に、政治資金規正法などでの追及からは逃げられないだろうね」

剣の言葉に亜季が安堵の表情を見せた。しかし、実行犯の新城が死んでしまった今となっては、北條さん殺害に対する殺人教唆を立証するには警察もかなりの苦戦を強いられるだろう。横堀刑事課長、大岩部長刑事、脇田刑事部長、そして越前官房長らの顔が剣の脳裏をよぎった。

「警察が必ず事件の全容を解明してくれると思う。後は警察に任せよう。さて、奥様から指令が出たから探偵ごっこはこれで終わりだ」

剣はそう言うと、自分の部屋に向かった。


翌朝、剣は梓と一緒に亜季を上毛高原駅まで送った。別れ際、梓は、

「実家だと思ってまた遊びにいらっしゃいね」

と、剣には最近見せないような優しい笑顔で亜季に声をかけていた。亜季は幾分元気のない声で、

「剣さん、奥様、すっかり甘えて長居してすみませんでした。いろんなことがあり過ぎて今はまだ心の整理ができませんが、家に帰ってゆっくり考えたいと思います。本当にありがとうございました。帰ったらご連絡しますね。そして、また遊びにきます」

そう言うと一度だけ深々と頭を下げて駅の中に消えていった。

上毛高原駅からの帰り、助手席に座った梓が、雨が打ち付けるフロントガラスを見ながら、

「亜季さん、いい子だったわね」

と呟いた。

「あぁ。北條さんのゆすりのこと言わなきゃ良かったかな」

「そうよ、あなたはデリカシーに欠けるところがあるから、気を付けたほうがいいと思いますよ」

「でも、話す前にちゃんと確認したんだよ。そしたら、父のことはちゃんと知っておきたいって言

うから」

「それでも、父親のことを他人にゆすり呼ばわりされたら誰だってショックでしょう」

「そうだな、ちょっと失敗したな。北條さんも尾瀬じゃなかったら黒田たちが差し出したコーヒーを飲まなかったように思うね。つまり、尾瀬という現実社会から離れた開放的な場所で、しかも清々しい夜明けの中で顔見知りの一人に声をかけられたために、つい気持ちが緩んでしまい何の疑いもなく飲んでしまったということかもしれない。尾瀬に限らず、自然の中にすっぽりと浸かってしまうと、我々人間は無防備になってしまうからね。そこが盲点だったように思えるね」

「あなたこそ年中無防備になる場所に出かけているのですから、お気をつけあそばせね」

剣は梓の言葉に苦笑して、ちょっとご機嫌をとっておこうと、車の中の音楽を梓の好きな歌にしてサービスした。ランドクルーザーは雨脚が強まった国道を水飛沫を上げて猫と犬の待つ我が家に向かった。


二週間後、剣のところに亜季から葉書きが届いた。それには、

「音大時代の恩師に勧められて、ショパン生誕二百年を記念して設立された研究生の選考に応募し、合格しました。ですから、二年間、ショパンのふるさとのポーランドに留学できることになりました」

と書いてあった。剣がすぐ亜季に電話すると、亜季の声に明るさが戻っていた。

「凄いね。いや凄過ぎるね。おめでとう。きっと天国でお父さんとお母さんが喜んでいるよ。待てよ、そうすると私は、未来の国際的ピアニストといろんなところにドライブに行ったことになるね。これは名誉なことだね。日本を発つ前に時間があったらぜひ遊びにおいで。我が家で、おばさんの手料理でお祝いのパーティーをやろう」

剣は父親の死の悲しみから、それを乗り越えて新しく羽ばたこうとしている亜季を、心の底から祝福した。

完

尾瀬沼の朝焼け

事件解決までの道のりを辿る

剣 平四郎と現場を歩く

北條大輔の娘・亜希と
十和田湖で再会してから
事件解決のために
各地を歩いた剣 平四郎。
ここからは10箇所をピックアップし
その道のりを紹介していく。
剣と亜希の会話を思い出しながら
旅してみよう!

谷川岳（群馬県みなかみ町）

奥只見湖（新潟県魚沼市・福島県檜枝岐村）

赤沢自然休養林（長野県上松町）

尾瀬沼（福島県檜枝岐村・群馬県片品村）

中山道・馬籠宿（岐阜県中津川市）

中津川渓谷（福島県北塩原村）

野積海岸から佐渡島を望む（新潟県長岡市）

十和田湖 敢湖台（青森県十和田市）

強清水の滝（群馬県沼田市）

片貝ノ池（福島県檜枝岐村）

奥只見（新潟県魚沼市）

奥只見（新潟県魚沼市）

赤沢（長野県上松町）

天城山系（静岡県伊豆市）

自然湖（長野県王滝村）

白駒の池（長野県佐久穂町）

北條大輔が殺害された
尾瀬沼
【福島県・群馬県】

剣たちのツアーが辿ったコース

【新潟】関越道・小出IC ▶［車50分］▶奥只見湖▶［定期船40分］▶尾瀬口▶［バス60分 ※要予約］▶沼山峠▶［徒歩60分］▶尾瀬沼　※車の場合、御池まで行かれる。

群馬・福島からのコース

【群馬】関越道・沼田IC ▶［車90分］▶大清水▶［徒歩170分］▶尾瀬沼
【福島】東北道･西那須野塩原IC ▶［車120分］▶御池▶［バス20分］▶沼山峠→［徒歩60分］▶尾瀬沼

東北以北の最高峰燧ヶ岳の噴火で生まれた尾瀬沼は、標高約1660メートル、周囲9キロの高山湖だ。周辺はコメツガ、オオシラビソ、トウヒなどの針葉樹に囲まれ、大江湿原、浅湖《あざみ》湿原、沼尻湿原、三平下湿原などがある。そして雪解けに咲くミズバショウ、ワタスゲ、ニッコウキスゲ、サワギキョウ、エゾリンドウなど多くの植物が見られる。

尾瀬沼へは群馬県側の大清水から三平峠を越えて、福島県側の沼山峠から、あるいは尾瀬ヶ原から白砂峠を越えて入れる。また燧ヶ岳の登山基地ともなっている。それから最近は少なくなったが、小淵沢田代から奥鬼怒沼へも通じている。

剣 平四郎の尾瀬おすすめスポット

アヤメ平

標高1,968メートルの湿原で、至仏山、景鶴山、平ヶ岳、会津駒ヶ岳、燧ヶ岳、日光白根山、皇海山、赤城山、上州武尊山などのパノラマが素晴らしい。食虫植物のムシトリスミレなども見られる。

尾瀬ヶ原

本州最大の高層湿原といわれ、東から下田代、中田代、そして上田代などに大別されていて、標高約1,400メートル、東西に約6キロ、南北に約2.5キロの湿原。点在する池塘も魅力のひとつだ。

至仏山

燧ヶ岳とともに尾瀬を代表する山で、高山植物の宝庫として広く知られる。おおむね7月1日に登山が解禁となる。また剣が竹内純子(『尾瀬 至仏山殺人事件』)と出会った山でもある。

【問】片品村観光協会 ☎0278・58・3222　http://www.oze-info.com/
尾瀬檜枝岐温泉観光協会 ☎0241・75・2432　http://www.oze-info.jp/

剣 平四郎たちが歩いた尾瀬沼

今回、剣たちのツアーは沼山峠から入山して、大江湿原、尾瀬沼ビジターセンター、浅湖湿原、沼尻、三平下と散策を楽しんだ。

1 大江湿原

尾瀬沼周辺で一番大きな湿原が大江湿原。ミズバショウ、レンゲツツジ、ワタスゲ、そして夏のニッコウキスゲの大群落と、季節の花々が彩りを見せる。また９月下旬から始まるクサモミジの季節も絶景だ。

徒歩10分

2 浅湖《あざみ》湿原

長蔵小屋の売店から燧ヶ岳を望むと、その麓に見える湿原。大江湿原のように植物が季節を彩るが、比較的静かな湿原と言える。ビジターセンター周辺の喧噪を避けて、静かな尾瀬を味わうのには持ってこいの場所である。

徒歩20分

3 沼尻

尾瀬沼と尾瀬ケ原、そして燧ヶ岳ナデックボ道の交差点で、いつも賑わっている。今回、剣たちもここでゆっくり休憩を取りながら、尾瀬沼を渡ってくる風に吹かれ、さわやかな尾瀬を満喫している。

徒歩30分

4 三平下

大清水から三平峠を越えて来た人々が、荷物を下ろし到着した喜びにひたる場所。面前には標高 2,356 メートルの燧ヶ岳が聳え、青空を映し込んだ尾瀬沼が眩しく輝いている。剣たちはここで生ビールを飲んだ。

5 尾瀬沼山荘

剣たち一行が泊まった山小屋。相部屋ではなくて個室が人気のポイントともなっている。また山荘の売店で販売をしている、花豆ジェラードは人気の一品。燧ヶ岳と尾瀬沼を眺めながらの時間は、至福の時となるだろう。

写真愛好家に人気のスポット
裏磐梯【福島県】

磐梯朝日国立公園に指定された裏磐梯は、その優れた自然景観から四季を通じて訪れる人が絶えない。また車での移動が可能なためか、首都圏を中心にカメラマンも多い。

交通

【東京】浦和 IC ▶東北道（130 分）▶郡山 JCT ▶磐越道（20 分）▶猪苗代磐梯高原 IC ▶国道 115・459 号線（25 分）【裏磐梯】
【新潟】新潟中央 IC ▶磐越道（90 分）▶猪苗代磐梯高原 IC ▶国道 115・459 号線（25 分）【裏磐梯】

猫魔山の火口跡にできた雄国沼湿原には、ミズバショウ、コバイケイソウ、ヒオウギアヤメ、エゾリンドウなどが咲き、植物の宝庫と言われている。湿原の木道散策をして植物と触れ合いたい。

残雪が融けてヤナギの仲間が顔を出すと、裏磐梯の春が加速する。そして大型連休明け頃にはブナが芽吹き、山桜が彩りを添える。檜原湖、小野川湖、秋元湖などの水が温み緑が萌える。

スキーに穴釣りにと冬の裏磐梯も人気が高い。また一時期の大ブームは去ったものの、撮影地としての人気も高い。結氷した湖沼群、周辺の森、小野川不動の滝など、魅力はつきない。

会津地方の名峰・磐梯山が噴火をして生まれた裏磐梯は、森と湖沼などが代表的な景観だが、白い岩肌を縫うように流れる清流・中津川も、水辺の風景としてぜひ訪れて散策したい。

【問】裏磐梯観光協会 ☎0241・32・2349　http://www.urabandai-inf.com/

剣と亜希が再会した 十和田湖【青森県 秋田県】

八甲田山を望む穴場

甲岳台

十和田湖周辺には青森県、秋田県ともにいくつかの展望台があるが、観光バスの喧噪を避けて静かに眺めるのならば、発荷峠から少し森に入り込んだ「甲岳台」も、お勧めのスポットだ。

交通○東北道・小坂 IC から車 35 分

山桜が美しい

十和田湖周辺

山桜の種類は数百種とも言われているが、十和田湖周辺には多くの山桜が見られる。湖面に姿を映すのもいいし、新緑に映えるところもいい。残雪の八甲田山との組み合わせも捨て難い。

巨木が多数ある

ブナの林

最近、日本一のブナの巨木が人気。たしかに、スタイルが美しくて素晴らしい。しかし、写真のような無骨ではあるがしたたかに生きるブナの生き様に、剣は魅力を感じているようだ。

繊細で優美な独特の渓流美

奥入瀬渓流

十和田湖子ノ口から流れ出る奥入瀬川は、水門で観光客向けに水量を調整されてはいるものの、銚子大滝、阿修羅の流れなど優れた景観を見せている。ぜひ歩きながら楽しみたいものだ。

交通○東北道・小坂 IC から車 60 分

【問】十和田湖国立公園協会 ☎0176・75・2425　http://towadako.or.jp

畠山と新城が最期の場所に選んだ 木曽【長野県】

畠山と新城が車で飛び込んだ
自然湖

王滝川の渓谷が長野県西部地震で堰止められた美しい湖で、剣は新緑と紅葉の季節に撮影をしている。また最近では撮影ツアーなどで人気も高く、関東圏、中京圏からのカメラマンが多く訪れている。

交通◯王滝村中心部から車20分

畠山森三が働いていた
赤沢自然休養林

樹齢300年を超える木曽ヒノキの美林があり、剣は何度となく訪れている。特に梅雨時に雨に打たれた木肌は赤く光り、妖艶な表情を見せてくれる。また一般観光客には赤沢森林鉄道が人気。

交通◯長野道・塩尻ICから車90分

巨樹が数多く見られる
水木沢天然林

木曽川の源流域に広がる天然林で、ヒノキ、サワラ、ネズコ（クロベ）、ブナなどの巨樹が見られる。剣は原始の森でオオサワラを、太古の森でヒノキの大木を撮影している。他にもサワグルミ、トチなどの巨木も多い。

交通◯長野道・塩尻ICから車60分

「木曽八景」の景勝地
寝覚の床

木曽川の流れが花崗岩を浸食した寝覚の床は、浦島太郎伝説が残る地でもある。新緑や紅葉時には白い花崗岩と見事なコントラストを見せるので、剣は若い頃から木曽路の撮影ポイントとして訪れている。

交通◯長野道・塩尻ICから車60分

剣と亜希が立ち寄った 中山道【長野県・岐阜県】

木曽路を代表するスポット
妻籠宿
中山道 42 番目の宿場で、往時を偲ぶ家並みが保存されている。剣は若い頃に訪れて、民宿「尾張屋」（当時）の美人女将の木曽節と銘酒「七笑」に酔った思い出がある。
交通○中央道・中津川 IC から車 40 分

石畳の坂に沿った宿場
馬籠宿
木曽 11 宿の一番南の宿場町で、剣と北條亜季が散策を楽しんだ。資料によると明治 28 年（1895 年）と大正 4 年（1915 年）の火災で焼失したが、その後、復元されて現在の形になった。
交通○中央道・中津川 IC から車 20 分

江戸時代の街並みが残る
奈良井宿
木曽路随一の難所「鳥居峠」を控え、多くの旅人で栄えた宿場町。剣はかつて霧雨に煙る情景を、あるいは風花が舞う光景を幾度も撮影した懐かしい場所だが、今回は事態の急変で訪ねることができなかった。
長野道・塩尻 IC から車 40 分

木曽路の文化を展示
馬籠脇本陣資料館
屋号を「八幡屋」といい馬籠宿の年寄役を兼ねていたが、明治 28 年の大火で建物は焼失。木曽路独特の文化を紹介している。

島崎藤村の業績を後世に残す
藤村記念館
馬籠にある明治の文豪・島崎藤村の記念館で、「夜明け前」などの原稿をはじめ様々な資料を展示している。

長岡市【新潟県】

野積海岸や津幡の元へ訪れた

黒田と星崎の遺体が見つかった

野積海岸

野積海岸

海水浴場として親しまれ、愛されている海岸で、晴れた日には佐渡島を間近に望める。また、近くの弥彦山に上ると、越後平野を一望できる。剣は山頂からの夜明けを何度か撮影したことがある。

交通○北陸道・三条燕 IC から車 30 分

五合庵（燕市）

良寛さまの名前で親しまれている良寛和尚が、最盛期の居とした庵で、国上寺（こくじょうじ）にある。この国上寺は越後最古の古刹として知られ、上杉謙信などゆかりの寺でもある。

交通○北陸道・三条燕 IC から車 30 分

津幡巌を訪ねた

悠久山

悠久山公園

長岡藩三代藩主が佐渡の杉苗、松、桜を植えたのが始まりと言われ、現在は市民に「お山」の愛称で親しまれている。園内には蒼柴神社、郷土資料館、動物園、野球場などがある。

交通○関越道・長岡 IC から車 20 分

河井継之助碑

幕末の越後長岡藩家老・河井継之助の碑。市内には「河井継之助記念館」がある。また戊辰戦争の戦いで会津に向かう途中、終焉の地となった福島県只見町にも記念館がある。42 歳の生涯だった。

交通○関越道・長岡 IC から車 20 分

魚のアメ横

寺泊港

鮮魚店が軒を並べる通称「魚のアメ横」は、県内はもちろん首都圏からの買い物ツアー客も多く、連日大賑わいを見せている。また寺泊港は、佐渡汽船赤泊航路にもなっている。

交通○北陸道・中之島見附 IC から車 30 分

営業○ 8:30 ～ 17:00（日曜は 8:00 ～）

【問】長岡観光コンベンション協会 ☎0258・32・1187　http://www.nagaoka-navi.or.jp/

旧陸軍機が墜落した

奥只見

【新潟県】

稜線を流れる滝雲が見られる

枝折《しおり》峠

国道352号線は新潟県と福島県を結んでいるが、幅員が狭くて注意が必要だ。ここ枝折峠から銀山平方面に少し下った所は、晩夏から秋にかけて奥只見湖で発生した滝雲の撮影ポイント。
交通○関越道・小出ICから車60分

奥只見湖、尾瀬燧ヶ岳を望める

丸山山頂

奥只見丸山スキー場山頂からの夜明け。日本有数の豪雪地のために、スキーシーズンは3月中旬からとなるが、5月の大型連休過ぎまで楽しめる。山頂からの360度パノラマは圧巻。
交通○関越道・小出ICから車50分

奥只見の山々が錦秋に燃える季節、船上から眺めるとブナやミズナラの黄色、ウルシやツタ、そしてツツジなどの赤、さらにキタゴヨウなどの緑が青空に映え、絶景だ。

「ファンタジア号」

定員300名の大型船で、銀山平コースに就航している。

奥只見湖（銀山湖）には銀山平コース、尾瀬口コースをはじめ遊覧船が就航している。残雪とブナの新緑が見事なコントラストを見せる季節、剣たちはしおり丸に乗り尾瀬を目指した。

「しおり丸」

剣たちが乗り込み尾瀬に向かった定員100名の船。

神秘的な雰囲気が漂う

片貝ノ池

氷河の浸食で生まれたと言われている神秘的な池。ただ残念なことに、片貝ノ池には定期船は出ていない。したがって、船をチャーターするかボートを借りなければならない。それから地元ガイドの案内がないと危険なので、注意が必要。

【問】奥只見観光（株）☎025・795・2750　http://www.okutadami.co.jp/

雨の中、夢中で撮影した天城【静岡県】

天城おすすめルート

伊豆最大級の名瀑

1 浄蓮の滝

伊豆市湯ヶ島にある滝で、幅 7 メートル、高さ 25 メートルと伊豆を代表する滝のひとつ。その昔、浄蓮寺という寺院があり、そこから名前が付いたと言われ訪れる人が多い。日本の滝百選にも選ばれている。

車5分

天城の特産品

2 ワサビ田

天城山系の豊かな伏流水に育まれたワサビ田が、随所に見られる。道の駅「天城越え」では、ワサビジェラードとして味わえる。写真はワサビ作り 60 年の鈴木丑三さんのワサビ田。

車10分

静かなたたずまいを見せる

3 旧天城トンネル

川端康成「伊豆の踊り子」、松本清張「天城越え」の舞台として、広く知られている。明治 37 年に開通し、国の登録有形文化財に登録されている。

剣のおすすめ撮影スポット

滑沢《なめさわ》渓谷

松本清張「天城越え」で、殺害された土工が、裸体のまま土橋の橋杭に掛かっているのが発見された場所が、「滑沢と称する川中に」とあるから、滑沢渓流と考えられる。緑の苔に覆われた流れは美しい渓流を見せている。

イヌブナの森

ブナ（シロブナ）と比較すると木肌が黒いイヌブナ（クロブナ）の巨木の森が、天城山縦走路の丸山、伊豆山稜線歩道の手引き頭、猫越峠などに広がっている。しかも多くが苔を纏いその姿は圧巻で、剣は虜になっている。

【問】伊豆市観光協会天城支部 ☎0558・85・1056 http://www.amagigoe.jp/

佐久穂町

小宮山小百合の出身地

【長野県】

満面に清水をたたえた
神秘的な湖

白駒の池

シラビソ、コメツガ、トウヒなどの原生林に囲まれた白駒の池は、標高約 2,100 メートルの高原湖だ。剣は白駒の池そのものよりも周辺の森、特に苔を纏った木々にカメラを向けて撮影を続けている。

交通◯上信越道・佐久 IC から車 70 分＋駐車場から徒歩 15 分

剣が立ち寄った

白駒荘

プロアマ問わず写真家やバードウォッチャーなどに人気が高く、白駒の池のほとりに立つ。山菜や自家製野菜をふんだんに取り入れた料理も味わえる。

営業◯ 4 月下旬～ 11 月下旬、年末年始

電話◯ ☎0266・78・2029

サルオガセの森

白駒の池付近の森

蓼科大滝

周辺は自然の宝庫

佐久と茅野を結んでいる国道 299 号線麦草峠茶水池周辺、それから少し茅野方面に下ったサルオガセの森、さらに下って蓼科大滝に向かうと、そこにも苔むした幻想的な森がある。他にも八千穂高原のシラカバの純林、レンゲツツジなど魅力たっぷり。

【問】佐久穂町観光協会 ☎0267・88・3956　http://yachiho-kogen.jp

玉原周辺【群馬県】

剣が通う自然豊かな森

首都圏に残された貴重な森

ブナ林

沼田市の北部標高約1,300メートルに位置する玉原高原には、関東地方有数のブナ林や湿原などがあり、剣は四季を通じて撮影を続けている。特にブナ林は樹齢300年を超える巨木も多く、首都圏に残された貴重な森といえる。動植物も多い。

交通◯関越道・沼田ICから車30分

小さいながらも
美しい渓流

発知川

坂東太郎・利根川の支流の薄根川、そのさらに支流にあるのが延長12キロに満たない発知川だ。しかし玉原高原に近い流れは、美しい渓流として長年剣のフィールドとなっている。またこの川の流域にはリンゴ園、ブドウ園などの果樹園が多い。

交通◯関越道・沼田ICから車20分

桜の名所

玉原に向かう沿線は、4月中旬を過ぎると随所に桜が開花する

発知《ほっち》のヒガンザクラ

昭和32年、県の天然記念物に指定されたこの桜は、樹齢約500年、根回り8メートルと言われている。また苗代作りの頃に開花するので、苗代桜とも呼ばれ地元で愛されている。

交通◯関越道・沼田ICから車12分

上発知のシダレザクラ

発知川に沿って玉原高原に進むと、迦葉山に別れる道の手前に見られる。最近は桜巡りのカメラマンが多く訪れて、早朝からたくさんのカメラが並ぶ。開花は概ね4月20日過ぎ。

交通◯関越道・沼田ICから車15分

【問】沼田市観光協会 ☎0278・23・1137　http://www.numata-cci.or.jp/kanko/kankotop.htm

あとがき

尾瀬ヶ原から白砂峠を越えて尾瀬沼山荘に着くなり、支配人に事件のあらましを聞かされた。そして、またもや剣さんがその現場に居合わせたことに驚いた。私も以前、尾瀬活性化委員会のお手伝いで、奥只見から尾瀬沼に入り撮影を楽しんだ経験があるだけに、他人事とは思えなかった。

その後、新橋で偶然剣さんと会い、ガード下の居酒屋で事件の経緯を聞いたのだが、尾瀬沼で起きた殺人事件を発端に、新潟県の野積海岸で二人が殺害されて連続殺人事件に発展したと聞き、まるで小説やドラマのような出来事に言葉が出なかった。しかも剣さんは、東京、新潟、長野と事件を追いかけて、解明に奔走したと言うのだから二重の驚きだ。

私の撮影スタイルは剣さんのそれに酷似しているが、万が一、事件現場に遭遇などしても、ただただ狼狽してうろたえる以外に術がないに決まっている。やはり私は小心者なのだ。

写真家　新井幸人

この作品はフィクションであって、
企業、団体、人物、その他、
すべて実在するものとはまったく関係ありません。

写真家・剣 平四郎撮影事件帳

蒼い靄の中で

尾瀬沼殺人事件

2014年7月31日　初版第1刷発行

文・写真○新井幸人

カバー装幀、本文デザイン○草薙伸行
（PLANETPLAN DESIGN WORKS）

発行人○石井聖也
編集○藤森邦晃
営業○片村昇一
協力○早川聡子、根本 理、桜井昭吉、星 朝夫、
齊藤すみ子、尾瀬林業（株）、奥只見観光（株）

発行所○株式会社日本写真企画
〒104-0032 東京都中央区八丁堀 3-25-10
JR 八丁堀ビル 6F
電話 03・3551・2643
FAX 03・3551・2370
http://www.photo-con.com/

印刷・製本○図書印刷株式会社

落丁本、乱丁本は送料小社負担にて
お取り替えいたします。

ISBN978-4-903485-94-2
C0095　￥1204E